KB195974

20년 뒤, 같은 우주로부터.

대리전

× × ×

현진건
단편선

다산
책방

차
례

내가 어린 학생이었을 때는 어른들이 와서 모든 것을 해결해 줄 거라고 믿었어요. 이제 어른들은 주름진 아이일 뿐이라는 것을 깨달았습니다.

-에스터 다이슨

When I was a young student, I thought grown-ups would come and make things work. Now I realize that grown-ups are just kids with wrinkles.

-Esther Dyson

1

2005년 9월 8일이었어. 오후 3시 무렵. 가을이어야 마땅한 날이었지만 여전히 덥고 습했어. 고객과 나는 숙주가 사는 벽산아파트에서 중동 홈플러스까지 걸어왔기 때문에 둘 다 조금씩 땀을 흘리고 있었지.

무나키샬레 아이스크림점에 가자고 제안한 건 고객이었어. 신체 적응 중이라 재료가 이것저것 들어간 음식을 먹지 못하는 내 고객들이 가장 좋아하는 브랜드는 토핑을 얹지 않은 레드망고 프로즌 요구르트였지만, 무나키샬레도 나쁘지 않지. 홈플러스 바로 옆에 신상동 매장이 있었으니 가깝기도 했고.

고객은 체리 바닐라 아이스크림을 떠먹으며 내 얼굴을 바라봤어. 결코 일상적이거나 평범한 광경은 아니었어. 아이스크림을 뜨느라 플라스틱 스푼을 든 팔이 정확하게 위아래로 움직였고, 머리는 팔과 완벽히 일치하는 리듬으로 앞뒤로 왔다 갔다 했어. 스푼이 최정점에, 얼굴이 맨 앞에 도달하면 아이스크림이 입안으로 들어갔고 스푼이 다시 아이스크림을 뜨기 위해 내려가는 동안 머리는 천천히 뒤로 밀려났어. 그러는 동안 두 눈동자가 괴상하게 움직였는데, 왼쪽 눈으로는 나를, 오른쪽 눈으로는 아이스크림을 담은 스푼을 동시에 바라보고 있었기 때문이지.

고객이 아이스크림을 먹는 동안 나는 스케줄을 조정했어. 섹스 관광이나 식당 순례를 원치 않았기 때문에 일은 비교적 쉬웠어. 고객이 원하는 건 그냥 시내를 돌아다니며 구경하는 것뿐이었어. 적어도 말은 그렇게 했지. 내가 그걸 믿지 말아야 할 이유도 없었어. 적어도 그때에는.

고객은 가이드북을 참고해서 몇 가지 루트를 미리 작성해 놨어. 모두 들어줄 수 있는 건 아니었어. 몇 군데는 알코올중독으로 코가 빨개진 트레이닝복 차림의 배뚱뚱이 중년 남자가 절대로 들어갈 수 없는 곳이었으니까. 라스베이거스나 파리라면 상태가 더 나은 숙주를 구할 수 있었겠지. 하지만 부천은 그 동네들과는 달라. 물론 정 들어가고 싶다면 다른 방법도 있긴 했어. 감각 노동자들에게 웃돈을 주고 잠시 몸을 빌리는 거. 하지만 감각 노동자들은 자존심이 센 사람들이야. 자기네를 일종의 예술가라고 생각하고 일반 숙주처럼 취급받는 걸 싫어하지. 아무리 웃돈을 많이 준다고 해도.

실현하기 곤란한 계획들을 솎아내자 스케줄은 더

단순해졌어. 하긴 부천에서 할 일이 뭐가 있겠어? 감각 노동자들이 필요 없는 평범한 식사 세끼, 도시 구경, 아인스월드 방문, 그리고 쇼핑. 쇼핑은 왜 하느냐고? 생각만큼 쓸데없는 짓은 아니야. 중요한 건 체험이지. 자본주의 국가에 관광 와서 쇼핑을 안 해본다면 뭔가 놓치고 가는 거잖아. 구입한 물건을 집에 가져갈 수 있는 건 아니지만 그래도 맘에 든다면 스캔해서 집에 돌아가 똑같이 만들 수도 있는 거니까. 우리 같은 가이드에게도 좋은 일이지. 고객이 놔두고 간 물건을 팔면 꽤 돈이 되거든. 아니면 그냥 가질 수도 있고. 내가 홈시어터를 어떻게 장만했다고 생각해?

스케줄 조정이 끝나고 고객이 아이스크림을 다 먹자 우린 자리에서 일어났어. 고객이 밖에 나가 기다리는 동안 나는 길에서 마실 테이크아웃 커피를 하나 더 주문했어. 영수증과 신용카드를 지갑에 넣을 때 내 핸드백이 떨어졌고 난 그걸 줍기 위해 허리를 굽혔어. 막 몸을 일으키려는데 가운데 테이블에 앉아 반쯤 마신 버블티를 앞에 놓고 어리둥절한 얼굴로 나를 바라보는 안경 쓴 여자와 눈이 마주쳤어.

그래, 그건 바로 너였어. 하지만 난 네 얼굴을 알아

보지 못하고 그냥 가게에서 나와버렸어.

2

변명 같은 건 하지 않겠어. 난 너를 알아보지 못했어. 그동안 많이 변했더군. 살이 더 빠졌고 얼굴 생김새도 더 어른스러워졌고 옷차림은 더 한심했어. 옛날엔 친척 집에 얹혀살면서 육촌 언니 옷을 물려받아 입을 수밖에 없었던 고아여서 그랬다 치자. 하지만 왜 지금도 그런 거야? 넌 그렇게까지 빈궁해 보이지는 않았어.

그동안 세월이 얼마나 흐른 거지? 12년? 13년? 학교를 졸업한 뒤로 단 한 번도 만나지 못했지. 심지어 우린 그때 같은 학교에 다닌 것도 아니었고 같은 동네에 살지도 않았어. 그냥 다니는 학교가 가까웠고 570번 버스 노선으로 연결된 통학로 일부가 겹쳤을 뿐이지. 내가 버스에서 내려 2호선을 타기 위해 구의역으로 올라가면 너는 길을 건너 자양아파트 방향으로 내려갔어. 난 아직도 그 어처구니없이 큰 검은 가방을 짊어지고 기우뚱한 자세로 터덜터덜 걸어가던 네 뒷모습이 기억나.

　그래, 넌 나를 알아보았고 나는 널 알아보지 못했어. 이상한 일은 아니야. 넌 지난 10여 년 동안 진저리 나게 따분한 사람들과 부대끼며 어른처럼 살아왔겠지. 네가 그동안 '어른'의 얼굴을 개발한 건 당연해. 나야 그때나 지금이나 여전히 버릇없고 게으르고 낭비벽이 심한 부잣집 딸이야. 용돈 주는 사람이 바뀌었을 뿐이지. 심지어 나는 세상일이 계획대로 흘렀다면 중간에 마주쳤을 결혼에 대한 압박감도 건너뛰었어. 내가 어른으로 자라야 할 이유는 조금도 없었어.

　아직도 가끔 생각해. 그때 내가 너의 얼굴을 알아봤다면 어떻게 되었을까. 너의 이야기를 바기-지랑을 통해 간접적으로 전해 듣지 않고 너한테 직접 들을 수 있었다면 어땠을까? 우린 다시 시작할 수 있었을까? 그 작은 일이 나비효과를 일으켜 인명 손상이 비교적 적은 방향으로 우리의 운명을 몰아가지 않았을까? 아니면 반대로 내가 이런 공상을 할 수 없을 정도로 나빠졌을까?

　마자랑의 마스터 컴퓨터는 알고 있을지도 몰라. 앤서블로 연락하면 몇 초 안에 답을 내서 문자메시지로 알려줄지도 모르지. 하지만 그런다고 이미 우리가 지나친 과거가 바뀌는 건 아니야. 그 답이 무엇이든 나는 여전히 이 따분한 부천에 박혀 있고 너는 내가 갈 수 없는 저 먼 곳에 있어.

3

9월 9일 아침엔 비가 왔어. 평소에는 내 재블린 자전거를 타고 사무실에 출근하지만 그날은 우산을 들고 걸어야 했어. 우비가 있긴 했지만 언젠가 빗길에 미끄러져 다친 뒤로는 나도 모르게 조심하게 되더라.

우리 회사의 사무실은 송내역 삼거리에 있어. 송내역에서 내려 횡단보도를 건너고 둘리 동상이 있는 곳에서 서쪽으로 꺾어 조금 걸으면 금방이지. 부천종합터미널 근처에 위치한 우리 집 한라비발디 아파트에서 그냥 걸어가기엔 조금 멀고, 그렇다고 버스를 타기엔 좀 아까운 그런 거리야. 집에 차가 있긴 하지만 출퇴근 때 이용하지는 않아. 그 거리를 차로 오느니 그냥 걷는 게 낫지.

우리 사무실이 있는 곳은 지은 지 얼마 되지 않은 6층 건물이야. 1층엔 파파이스 상동 매장이 있고 2층과 3층은 여행사지. 그럭저럭 괜찮게 운영되는 여행사는 사실 위장이고 진짜 관광 업무는 4층에서부터 맡고 있어. 4층에선 일반 업무가, 5층에선 앤서블과 관련된 온갖 기술적인 일들이 처리되고 6층의 금고실에는 그 고결하신 코어가 놓여 있어.

내가 4층으로 올라갔을 때, 어제 내가 숙주에 심어놓은 그 고객이 사장과 이야기를 나누고 있었어. 사장은 캭캭거리는 4-2우주표준어로 뭔가 장황한 농담을 늘어놓다 혼자 좋아라 웃어댔어.

4-2표준어는 네가 무나키샬레에서 살짝 엿들었을 바로 그 괴상한 언어야. 모음과 자음이 이상한 순서로 배열돼 있어서 인간의 언어라기보다는 기계 소음처럼 들리는. 발음이 예쁘지 않은 건 당연해. 원래 제4표준어는 발성하기 위해 만들어진 게 아니라 얼굴이나 다른 신체 부위의 발광층으로 반짝거리기 위해 만들어졌거든. 소리로 대화를 나누는 종들을 위해 변형어인 4-2표준어가 등장하긴 했지만 그래도 여전히 껄끄러워. '그르브샤큠브프'처럼 자음이 다닥다닥 붙은 단어들이 튀어나오는 것도 그 때문이야. 귀찮지만 어쩌겠어. 이번 고객은 제4표준어밖엔 할 줄 아는 언어가 없었어. 아마 4-2번도 굉장히 짜증났을 거야. 제

4표준어의 특징은 즉시성이야. 그림 하나가 얼굴이나 몸에 뜨는 순간, 보는 쪽에서는 문장 전체를 이해하지. 하지만 이 경우엔 어쩔 수 없이 그 2차원적인 문장을 잘게 쪼개어 1차원의 긴 실로 만들어야 해. 귀찮지. 말하는 쪽이나 듣는 쪽이나.

하지만 고객이랑 사장은 모두 기분이 꽤 좋은 모양이었어. 내가 들어오자 사장이 손을 흔들면서 이렇게 외치더라.

"어서 와, 여기 굉장한 소식이 있어!"

사장이 좋아할 만했어. 그때 엄청난 제안을 받고 있었거든.

공식 기록에 따르면 그 고객은 그그그카탕모그무라는 행성 출신이었어. 그 행성은 2기에서 3기로 접어든 지 3사이클도 채 되지 않은 곳이었지. 1사이클이 지구 달력으로 1.85년 정도니까 적당히 네가 알아서 계산해 봐. 하여간 거기서 앤서블을 이용한 우주여행을 한 사람들은 100명도 되지 않았을 거야. 다들 가상 우주여행이 어떤 것인지 간신히 감만 잡은 상태였던 거지.

제안이 뭐였냐고? 이런 거였어. 지구와 같은 2기 문명에 앤서블 테크놀로지를 전수하는 걸 막는 최우선 지침(Prime Directive)은 부당하다. 그건 2기 문명을 될 수 있는 한 오랫동안 자기네들을 위한 리얼리티쇼 무대나 테마파크로 박아두려는 3기 문명의 일방적인 오만이다. 연합의 탐사선이 2기 문명과 조우하는 건 우주연합 42만 사이클 역사상 단 열세 번밖에 일어난 적이 없는 희귀한 사건이다. 당연히 지구 역시 책임을 지고 그 역사적 순간에 동참할 권리가 있다. 그러니까 하는 말인데, 우리가 그 기술을 지구에 전수하면 어떨까? 대가는 필요 없다. 우린 이 부당함에 항의하고 싶을 뿐이다.

엄청난 제안이었어. 그러나 잠깐. 최우선 지침이 존재하는 진짜 이유는 문명의 보호야. 지구 정도의 문명이 갑자기 우주연합과 조우한다면 그 부작용은 엄청날 수밖에 없어. 위태로운 건 우리 회사도 마찬가지지. 앤서블 독점권이 날아간다면 우리가 무슨 수로 지금처럼 돈을 벌겠어? 회사 자체가 사라지는 거잖아.

하지만 그그그카탕모그무의 고객은 앤서블 테크놀로지를 전 지구에 공개하겠다는 게 아니었어. 우리 회사에만 넘겨주겠다는 거였지. 만약 정보 필터가 들어 있는 코어의 앤서블이 아닌 진짜 앤서블을 소유할 수 있다면? 엄청난 기회가 될 거야. 부전에 틀어박혀 외계인 대상 관광업이나 하는 대신 지구를 정복하고 멋대로 개조할 수 있는 거지. 세상에 이런 기회가 또 어디에 있겠어?

그래, 그건 믿을 수 없을 정도로 굉장한 기회였어. 당연히 우린 의심을 해야 했어. 왜 잘 알지도 못하는 이방인이 이렇게 굉장한 선물을 준다고 할까? 뒤에 엄청난 음모가 숨겨져 있지는 않을까?

하지만 우리 머리는 그런 식으로 돌아가지 못했어. 그만큼이나 7년 동안 외계인들의 선심에 익숙해져 있었던 거야. 회사와 외계인들 사이엔 정상적인 거래가 존재하지 않았어. 그쪽에선 우리에게 엄청난 선물들을 그냥 안겨줬고 우린 그쪽에게 우리가 할 수 있는 최대한의 서비스를 해줬지. 주인 앞에서 꼬리를 흔들며 애교를 떠는 강아지처럼.

물리적인 무언가를 직접 받지는 못했어. 가장 가까운 3기 행성도 지구로부터 250만 광년이나 떨어져 있거든. 그럼에도 불구하고 코어는 알라딘의 마술 램프와 같았어. 그렇게 신비롭지는 않았지만. 사실 산문적이고 따분했지. 사장이 지금만큼 돈을 번 건 순전히 우주연합을 투자 고문으로 두었기 때문이거든. 아직도 사장 친척들은 인문계 대졸 백수였던 사장이 갑자기 주식 투자로 부자가 된 걸 기적이라고 생각해. 그리고 그건 그 사람들 말이 맞아. 그게 기적이 아니면 뭐겠어? 송도해수욕장에서 개헤엄을 치던 백수가 그 전날 바다에 떨어진 외계 우주선과 조우할 가능성이 얼마나 되겠어?

지금 생각해 보면, 당시 사장은 외계인의 강아지 노릇에 질려 있었던 것 같아. 그그그카탕모그무에서 온 고객은 잠겨 있는 개집 문을 안에서 열 수 있는 열쇠였던 거야.

내가 사무실 구석 소파에 쭈그리고 앉아 닌텐독스의 강아지들을 빗질하는 동안 사장과 고객은 미래의 계획을 상의했어. 앤서블 테크놀로지 전수는 그냥 설계도 한 장만 넘겨받고 끝날 일이 아니었어. 관련 물리학을 이해해야 했고 지구의 전자 기술에 대한 이해도 필수적이었어. 날라리 인문학도였던 사장이나 무용과 졸업생인 나 같은 사람들에게는 어림없는 일이었어. 회사의 전문가들을 총동원해야 했지. 그리고 사장은 일단 부천 안의 인원만으로 일을 처리하고 싶어 했기 때문에 회사 엔지니어뿐만 아니라 전문 지식이 있는 가이드까지 모두 참여해야 했어. 어떻게 해야 우주연합 미개 문명 담당관들한테 들통나지 않고 이 모든 일을 처리할 수 있을까? 한 가지는 확실했어. 사장과 고객이 작당해서 음모를 꾸미는 동안 가이드 일은 모두 나처럼 재주 없는 사람들이 도맡아서 해야 한다는 거지.

4

나는 운이 좋은 편이었어. 1998년, 회사가 문을 열었을 때 사장이 먼저 뽑아둔 사람들은 능력과 지식을 갖춘 전문가들이 아니었어. 마음 터놓고 이야기할 수 있는 친구들이었지. 심지어 나는 친구도 아니었어. 당시 사장과 나를 연결했던 끈은 우리 모두 하이텔의 '또하나의 사랑' 소모임 회원이라는 것뿐이었거든. 사장은 당시 외계인들에게 지구인 육체 체험을 시켜줄 감각 노동자들(곧장 말해 성노동자들)을 뽑고 있었는데, 나한테 그 일이 맞을 것 같다고 생각한 거지. 이미 이성애 콤비도 구했고 게이 남성 반쪽(자기 말이야)도 구했으니 다른 조합에도 신경을 써야 했는데, 그때 하이텔에서 내 지지리 궁상 게시물을 읽었던 거야. 갑

20

자기 알거지가 된 부잣집 따님만큼 쉽게 매수할 수 있는 사람이 있을까?

사장의 이야기를 처음 들었을 때 난 그 사람이 미쳤다고 생각했어. 하긴 외계인 전문 여행사를 차리게 되었으니 합류하라는 말을 처음부터 그대로 믿으면 그게 이상하지. 하지만 다른 UFO 광신자들과는 달리 사장에겐 결정적인 증거가 있었어. 외계인 우주선 말이야. 정확히 말하면 우주선의 코어였지만. 송도에서 처음 우주선과 조우한 뒤 사장은 착륙선에서 분리된 코어를 커다란 시멘트 포대 안에 넣어 당시 머물고 있었던 소사동의 삼촌 집까지 끌고 왔어.

코어의 외양은 그렇게까지 신기하지는 않았어. 가운데에 검은색 봉이 박힌 지름 60센티미터 정도의 금빛이 도는 금속 공이었어. 하지만 코어의 물리적인 성질은 지구상의 그 어떤 것과도 달랐어. 표면은 매끄러운 금속처럼 보였지만 고무처럼 탄력이 있었고 종종 액체처럼 흘렀어. 사람 몸무게만 한 질량을 가지고 있었지만 솜털처럼 가벼웠어. 결정적으로 코어는 생명체 같았어. 지구의 동물들처럼 먹고 토하고 배설하고 활동했지.

코어는 그때까지 사장이 준 금속 쓰레기들과 유통

기한이 지난 소시지를 받아먹으며 작은 벌레 같은 기계들을 일곱 개 토해냈는데, 사장은 그것들 중 하나를 내 머리에 이식하고 싶어 했어. 날 설득하기 위해 자기 머리에 난 상처를 보여주더라. 말만 끔찍하게 들릴 뿐 상처는 곧 흐릿해지고 부작용은 없으며 오히려 두통이나 현기증을 없애준다고 말이야. 결정적으로 감각 노동자용 이식물은 일반 숙주용 이식물과는 다른 종류라서 자유의지를 박탈당할 위험은 전혀 없다고 날 안심시켰어.

사장이 몰랐던 건 내겐 외계인들이 머릿속에 들어와 내 감각과 연결되어 있는 동안 섹스할 생각 따위는 전혀 없었다는 거야. 난 그냥 '이 미친놈이 괴상한 헛소리를 어디까지 끌고 가는지 한번 보자'라는 심정으로 따라왔던 거였거든. 난 당연히 거절했어.

사장은 당황했어. 그렇다고 그 사람이 나를 죽일 거야, 어쩔 거야? 선택할 만한 길이 별로 없었어. 나를 회사의 대행인으로 받아들이는 수밖에. 대행인들도 머리에 안전장치를 삽입하긴 해야 했지만 그건 전화나 인터넷 연결선 비슷한 거라 사생활이나 자유의지가 침해당할 가능성은 거의 없었거든. 물론 안전장치도 달려 있어서 그걸 달고 나가면 "난 외계인 우주선을 봤다!"라고 외칠 수는 없었지. 하지만 그 정도 조건은 나도 받아들일 만했어. 당시 난 정말로 돈이 필요했거든.

5

사장이 ㄱㄱㄱ카탕모ㄱ무의 고객과 함께 우주연합을 엿 먹일 음모를 짜는 동안 나는 그 뒤치다꺼리를 해야 했어. 당시 한국엔 열일곱 명의 관광객들이 와 있었어. 그중 열한 명은 부천에, 다섯 명은 서울에, 나머지 한 명은 제주도에 가 있었고 함께 일하는 가이드들은 네 명이었어. 어떻게든 스케줄을 재조정해서 그중 세 명을 사무실로 불러들여야 했지. 고객들은 물론 전부 내 담당이 되었어.

간부라티 행성의 궤도 축일 주간이라는 걸 생각해보면 관광객들이 그렇게 많은 편은 아니었어. 물론 대부분 관광객은 해외 지부 쪽을 선호해. 우리나라는 그렇게까지 놀거나 구경하기 좋은 곳은 아니니까. 하지만 그래도 지구의 당당한 대문이라 할 수 있는 한국에 관광객이 겨우 열일곱 명밖에 없었던 건 며칠 전에 일어났던 소동 때문이었어. 캉웬창엔 행성에서 온 관광객 두 명이 갑자기 전이 공포증에 걸려 난리를 피우는 통에 해결사들까지 출동해야 했거든. 숙주 두 명이 죽어 신문에도 기사가 나고("난동 부리던 60대 남자 2명, 서울역에서 동반 자살!") 난리가 아니었어. 담당관들 몰래 사고 치기엔 거의 완벽한 시기였지. 아니, 거의 완벽한 게 아니라 지나치게 완벽했어. 누군가가 이 점을 지적했더라면 일이 이만큼 크게 번지지는 않았을 텐데, 우린 그렇게 똑똑하지도 못했어. 자업자득이지. 바보들은 언젠가 자신의 어리석음에 대한 대가를 치러야 해.

하여간 난 스케줄을 재조정하고 외계인 고객들에게 장황한 변명을 늘어놓으면서 그날 오후를 보냈어. 고객들을 우리 구역에서 내쫓는 건 그렇게 어렵지 않았어. 저번 소동 뒤처리 이야기를 하며 런던이나 뉴욕으로 보내버리면 되었거든. 허리케인 카트리나 때문에 묵사발이 된 뉴올리언스에 가고 싶어 하는 관광객들은 더 많았어. 하긴 이런 식의 대재난은 3기 행성에서 온 외계인들에겐 대단한 구경거리였을 거야.

딱 한 명 보내기 어려운 고객이 있었는데, 발로기투 행성에서 온 그 방문객은 관광객이 아니라 지구에 처음 온 풍속 연구가였어. 난 어쩔 수 없이 좀비 마스터용 PDA를 들고 혜화동으로 달려가 원래 가이드로부터 인수인계를 받아야 했는데, 이게 생각만큼 쉬운 일이 아니었어. 그 풍속 연구가는 우리들이 '안겨붙는 손님'이라고 분류하는 부류였거든. 이족 보행이 굉장히 서툴러서 환자처럼 대해줘야 하는 부류 말이야. 발로기투 행성인들은 메탄 늪에 사는 거미 비슷하게 생긴 생명체들이야. 이족 보행이 서툴 뿐만 아니라 다룰 수 있는 손이 두 개밖에 없는 것도 갑갑해 죽을 판이었던 거지. 그 고객이 숙주를 조종하는 방식이 어찌나 불안한지, 난 저녁 내내 안절부절못했어. 심지어 식당에서 혼자 먹지도 못해 숟가락으로 일일이 밥을 떠 넣어줘야 했어. 중간에 그걸 본 자칭 사진기자라는 작자가 다가와 '따뜻한 부녀의 정'이니 뭐니 하는 쓸데없는 제목을 단 사진을 찍을 테니 허락해 달라고 해서 당장 꺼지라고 해줬지.

다행히 그 풍속 연구가는 자정에 베이징으로 떠났어. 나는 고객이 숙주의 몸을 떠나자마자 횡설수설하는 숙주를 차에 태우고 다시 부천으로 돌아왔어. 숙주를 아파트 안에 밀어 넣고 집으로 돌아오니 새벽 2시 30분이더라. 난 몸만 간신히 씻고 긴 소파 위에 엎어져 그대로 잠들어 버렸어.

6

　다음 날, 나는 출근할 생각이 전혀 없었어. 비번이 어서가 아니라 스케줄을 관리하고 남은 가이드들을 배정하는 일은 집에서 인터넷을 통해 충분히 할 수 있었거든. 사무실에 나간다고 해서 내가 특별히 환영받는 것도 아니고. 나는 그냥 집에 죽치고 앉아 노트북으로 일을 하다 가끔 짬이 나면 그저께 예스아시아에서 배달된 황매조(黃梅調) 영화들이나 볼 생각이었어. 그것도 자막 없이.

　이식물의 가장 큰 이점은 언어 소화 능력에 있어. 난 몇 가지 필수적인 언어들을 마자랑 행성에 있는 컴퓨터에 입력시켜 놓고 필요할 때마다 이식물을 통해 컴퓨터와 뇌를 연결해. 그럼 그쪽 컴퓨터는 내가 능파(凌波)의 북경어 노래를 듣는 동안 그 언어를 대신 이해하고 (번역하는 게 아니라 그냥 이해하는 거야) 그 이해를 나에게 전달해 주는 거지. 물론 연결선을 끊으면 북경어에 대한 내 이해력은 다시 바닥을 치지만 그래도 이건 꽤 쓸모가 있어.

한마디로 앤서블 만세지. 앤서블이 없다면 어떻게 7억 광년이나 떨어져 있는 은하계에 개인용 컴퓨터를 갖다 놓고 통역용으로 쓰겠어?

정말 괴상한 기계야, 앤서블은. 라디오보다 특별히 신비로울 것도 없지만 이 기계에 대해 설명하려면 불멸, 무한, 보편성 심지어 절대성이나 전능과 같은 막연한 단어들을 남발해야 해. 잘못 쓰면 가톨릭 신학 서적이나 사이비 종교 선교물 비슷해지지. 하지만 그건 앤서블의 잘못이 아니라 우리의 어휘와 지식이 짧기 때문일 거야.

앤서블은 거리 감각을 완전히 날려버려. 아까 난 마자랑 행성이 7억 광년 떨어져 있다고 했어. 하지만 그 숫자는 전혀 의미가 없어. 마자랑과 지구에 있는 두 앤서블 사이엔 거리 자체가 존재하지 않으니까. 오히려 코어가 있는 사무실과 내 아파트 사이가 더 멀지. 코어와 내 머릿속의 이식물은 앤서블이 아닌 중성미자 송수신기로 연결되어 있거든. 마자랑 행성의 앤서블은 내 손이나 발보다도 나에게 더 가까워. 뇌에서 내 손까지 신호를 보내려면 과식한 치와와보다 특별히 더 빠르지도 않은 신경 전달 속도에 의존

할 수밖에 없잖아.

아마 내가 점점 외계인처럼 느껴지는 건 이 거리 때문인지도 몰라. 지구는 내가 이름을 아는 우주의 어떤 별들보다 물리적으로 멀어. 이건 내가 〈어미인(魚美人)〉 DVD를 보는 동안 너와 사장 그리고 그 밖의 모든 사람들에게 무슨 일이 일어났는지 까맣게 몰랐던 것에 대한 그럴싸한 핑계가 되어주겠지.

좋아, 이제부터 본격적인 이야기를 시작하겠어.

영화를 다 보고 늦은 점심을 먹고 있는데, 전화가 걸려왔어. 전화를 건 사람은 중동 그린타운 한신아파트에 사는 남성 감각 노동자였어. 그 사람과 여성 파트너는 그날 둡이라는 행성에서 온 여행자에게 서비스를 해주고 있었대. 당시 서비스의 종류가 조금 비전형적이어서 (보통 사람들은 그냥 '변태적'이라고 하겠지) 숙주도 한 명 참여했던 모양이야. 감각 노동자들이 하기 싫어하는 일일 뿐, 규칙 위반은 아니지. 그런데 서비스가 끝나고 나자 갑자기 숙주가 이상해지더래. 당황한 여행자는 접속을 끊었고 숙주는 해방된 뒤에 난동을 부리기 시작했다는 거야. 두 사람은 간신히 숙주를 화장실에 감금했는데, 문이라도 부수고 나올까봐 걱정하고 있었어.

여행자한테서 해방된 숙주가 난동을 부리는 일은 거의 없어. 대부분의 경우 이식물이 신경전달물질을 조작해 숙주를 안정시키거든. 저번 서울역 난동도 숙주들 잘못은 아니었어. 그 불쌍한 아저씨들은 지하철 철로에 떨어질 때까지 여행객들에게 조종당하고 있었어. 중간에 접속을 끊으면 되지 않느냐고 물을 수도 있지만 코어의 앤서블을 관리하는 건 그렇게 간단하지 않아. 미개문명관리국이 우리의 직속이긴 하지만 그건 우주연합의 서류상으로나 그럴 뿐 그들에게 코어를 통제할 수 있는 물리적인 힘이 있는 건 아니지. 코어는 최우선 지침에서 어긋나지 않고 자신의 안전을 위협하지 않는 일이라면 뭐든지 허용해. 하긴 그것만 해도 대단한 거야. 지구에 떨어진 착륙선은 166만 사이클 전에 만들어졌는데, 그건 지금의 우주연합이 태어나기 한참 전이거든. 우리들은 어느 별의 어떤 종족이 만들었는지도 알 수 없는 정체불명의 기계를 통해 연결되어 있는 거야.

또 이야기가 옆으로 샜네. 다시 숙주 이야기로 돌아가면, 숙주들이 난동을 부리는 일은 드물지만 전혀 없는 일도 아니야. 우리가 사용하는 숙주들은 대부분 심한 뇌 손상을 입은 상태야. 이식물이 그 망가진 뇌를 어떻게든 안정시켜 놓긴 하지만 완벽하게 통제하지는 못해. 게다가 아무리 앤서블을 통해 간접 통제를 받고 있다고 해도 166만 사이클이나 나이를 먹은 기계가 일을 제대로 처리하고 있는지 누가 알겠어? 처음 지구에 도착했을 때도 반 정도 고장 난 상태였는걸.

숙주 머릿속에서 무슨 일이 일어나고 있는지는 모르지만, 지금 그걸 처리할 만한 여유가 있는 사람은 나밖에 없었어. 사무실에 이런 숙주들을 제압하고 치료할 수 있는 몇몇 도구들이 있어서 중간에 들러 그것들을 챙겨서 중동까지 가야 했어. 사장에게 전화를 걸었지만 받지 않더군. 그때 이상하단 걸 눈치챘어야 했는데, 그냥 다들 바빠서 그러려니 생각했을 뿐이었어. 난 메고 있던 빈 스포츠 가방 안에 닌텐독스용 NDS를 넣고 아파트를 나섰어.

나는 자전거를 타고 사무실 건물까지 갔어. 자전거를 1층에 묶어두고 계단을 올라가는데, 2층 여행사 직원 하나가 유리문 너머로 나를 발견하더니 달려와서 이러더라.

"아까 어떤 여자분이 찾으시던데요? 사무실에 계신 줄 알고 올라가시라고 했는데."

도대체 그게 누구야? 난 조금 어리둥절해졌어. 내 친구라는 사람들은 내 직장에 대해 아는 게 거의 없었어. 하긴 평일에도 돈이나 펑펑 쓰고 놀러 다니면서 고정된 직장이 있다고 말하는 것도 웃기지. 단 한 명, 나랑 2년 동안 같이 살다 헤어진 옛날 여자 친구가 이 사무실을 알고 있었지만 걔일 것 같지는 않았어. 걔였다면 그렇게 좋아하지도 않는 사람들이 바글거리는 남의 사무실에서 죽치고 앉아 기다리는 대신 다른 친구들에게 새 주소나 전화번호를 물었을 거야. 그렇다면 누구일까? 오래 궁금해할 필요는 없었어. 그냥 두 층만 더 올라가 문만 열면 되었으니까.

나는 4층 사무실 문을 열고 들어갔어. 사무실 안은 텅 비어 있었어. 모두 5층 기계실로 올라간 걸까? 그럴 법도 했지. 하지만 나를 찾아왔다는 그 여자 손님은 어디에 있지?

그때야 뭔가 잘못되었다고 느꼈어.

나는 사무실 내부에 있는 나선계단을 올려다보았어. 위층은 조용했어. 이렇게 조용해도 되는 걸까? 우리 회사의 대행인들은 결코 그렇게 조용한 사람들이 아니었어. 지금 같은 때엔 조용한 것 자체가 비정상이었고.

나는 이식물의 송수신기로 사장과 연락을 시도해 보았어. 결코 쉬운 일은 아니었어. 지구인 대행인과 통화하는 건 마자랑 컴퓨터에게 통역을 부탁하는 것보다 훨씬 어려워. 기술적인 문제를 설명하기가 조금 어려운데, 컴퓨터에게 통역을 부탁하는 게 혀로 전등 스위치를 켜는 것과 같다면 이식물의 통신 장치로 지구의 다른 사람들과 연락하는 건 혀나 입을 사용해 문자메시지를 보내는 것과 비슷해. 이식물의 기능이 이렇게 제한되어 있는 건 우리의 사생활과 최우선 지침을 동시에 지키기 위해서야. 하긴 누가 머릿속에 휴대전화를 넣고 다니고 싶겠어?

사장의 고유번호를 입력했지만 신호는 돌아오지 않았어. 그건 그 자체로는 아무 의미도 없었어. 내가 엉뚱한 번호를 입력했을 수도 있고 사장이 졸고 있거나 신호를 무시했을 수도 있었지. 그렇다면 올라가야 할까, 말아야 할까?

나는 올라갔어. 다른 대안이 떠올랐다면 그 길을 택했겠지만 그런 건 떠오르지 않았어. 게다가 내가 과민 반응을 하는 건지도 모르지. 일이 일어나 봐야 얼마나 큰일이겠어? 외계인들이 지구를 정복하기라도 할 거야? 다시 낙천적이 된 나는 가볍게 나선계단을 올랐어.

5층에 올라가자마자 나는 낙천주의자가 되기엔 최악의 시기였다는 걸 깨달았어.

맨 처음 눈에 들어온 건 몇 개월 전에 대행인이 된 엔지니어의 시체였어. 시체는 바닥에 엎어져 있었고 두개골에는 커다란 망치로 후려쳐 뚫은 것 같은 구멍이 나 있었어. 시체의 허리엔 다른 시체의 것이 분명한 다리 한 쌍이 올려져 있었어. 리놀륨을 간 바닥은 핏방울로 그린 잭슨 폴록의 그림 같았어.

달아나려 했는데 갑자기 끽끽거리는 소리가 들려서 소리가 나는 오른쪽 구석을 바라보았어. 이틀 전에 내가 관광 스케줄을 짜준 바로 그 외계인이, 보다 정확히 말하면 그 외계인이 조종하는 숙주가, 왼쪽 팔로는 안경 쓴 여자의 허리를 휘어 감고 오른손으로는 PVC 파이프 끝에 손전등을 묶어놓은 것 같은 기계를 여자의 머리에 대고 서 있었어. 여자가 겁에 질려 아무 말도 못 하는 동안 숙주는 끽끽거리는 4-2표준어로 계속 나에게 뭐라고 지껄였어.

그 여자는 너였어. 이번엔 너와 눈이 마주치는 바로 그 순간 너를 알아봤어. 너의 겁에 질린 얼굴을 보자 내 머릿속에 담겨 있던 너에 대한 모든 정보가 순식간에 튀어나와 재정렬되었어. 그 정보 중에는 무나키살레 아이스크림 가게에서 마주친 여자 얼굴도 포함되어 있었지. 이제 난 죽기 전에 지금까지의 인생이 주마등처럼 스치고 지나간다는 게 어떤 뜻인지 알 것 같아.

그러나 그때는 오래간만에 만난 옛 친구에게 인사를 할 때가 아니었어.

회사의 대행인들은 모두 비상사태에 대비하기 위한 몇 가지 훈련을 받아. 유감스럽게도 교본에는 악의를 품은 외계인들의 인질극을 맨손으로 해결하는 방법은 나와 있지 않아. 숙주나 전이 공포증에 걸린 고객들이 일으키는 폭력적인 사태를 해결하는 가장 좋은 방법은 해결사들을 부르고 기다리는 것이지. 하지만 지금은 그럴 때가 아니었어.

내 머리는 예상외로 민첩하게 돌아갔어. 일단 머리에 떠오른 건 내 육체적 우월성이었어. 숙주는 알코올중독과 오랜 노숙 생활로 몸이 망가진 중년 남자였어. 몇 년 동안 우리가 깔끔하게 관리하긴 했지만 근력은 대단치 않았어. 그그그카탕모그무인들이 어떤 모양을 하고 있든, 그들이 지구인의 몸을 완벽하게 조종하고 있을 가능성도 적었어. 그렇다면 지금까지 비교적 몸을 잘 관리해 왔고 지구라는 행성의 물리적 환경에도 익숙한 내가 그들보다는 살짝 위였어. 문제는 숙주가 들고 있는 이상한 무기였어. 우리 엔지니어의 머리에 구멍을 뚫은 물건이 분명한 저 수상쩍은 발명품을 도대체 어떻게 처리하지?

내가 내린 결론은 생각하지 않는다는 것이었어. 그리고 그건 어느 정도 옳은 선택이었어. 숙주가 끽끽거리는 4-2표준어로 뭐라고 말하는 동안 난 다짜고짜 숙주와 너에게 덤벼들었어. 숙주는 말을 채 끝맺기도 전에 나에게 부딪혀 바닥에 나가떨어졌고, 그러면서 오른손에 쥐고 있던 무기를 떨어뜨리고 말았어. 네가 몸을 굴리며 숙주 품에서 빠져나가자 나는 잽싸게 그 무기를 잡았어. (그 무기는 정말로 PVC 파이프를 끼운 손전등이었어!) 나는 숙주가 일어나려는 바로 그 순간 엄지손가락으로 손전등의 스위치를 밀었어. 갑자기 탁 하는 소리가 나고 파란 불꽃이 튀더라. 이마에 동전만 한 구멍이 난 숙주는 다시 뒤로 나자빠졌어.

내가 사람을 그렇게 쉽게 죽일 수 있을 거라고는 상상도 하지 못했어.

간신히 진정한 나는 주변을 한 바퀴 둘러보았어. 내 눈에 들어오는 시체만 해도 다섯 구는 되었어. 어떤 사람은 두개골이나 가슴에 깔끔하게 구멍이 나 있었고 어떤 사람은 커다란 손으로 으깬 것처럼 뼈가 으스러져 있었어. 나중에 알게 된 일이지만 사용된 무기는 하나였어. 같은 무기의 다른 기능들이 사용되었던 거지.

나는 떨어진 안경을 집어 들고 비틀거리며 일어나는 너를 바라보았어. 무슨 말을 해야 할지 떠오르지 않더라. 적당한 말이 떠올랐다고 해도 할 기회가 없었어. 내가 아무 말이나 하려고 입을 벌리는 바로 그 순간 공구 선반 뒤에 숨어 있던 가이드 한 명이 기어 나왔던 거야. 나는 많이 다치지 않았는지, 도대체 어떻게 된 건지 물으려 했어. 하지만 그 사람은 유리알처럼 공허한 눈으로 나를 바라보더니 지금까지 뒤에 감추고 있던 손전등 무기를 꺼내 나를 겨누었어. 가이드는 이제 대행인이 아니었어, 숙주였어.

나는 손전등 총을 고쳐 잡았어. 내가 그때 할 수 있었던 건 그뿐이었어. 이 경우엔 도대체 어떻게 대처해야 하지? 내가 숙주의 인권에 대해 다소 둔감하다는 건 인정해. 하지만 저 숙주는 내가 아는 사람이었어. 부천 필하모니 오케스트라의 말러 콘서트에도 여러 번 같이 갔고 한 번이지만 생일 파티도 열어줬어. 뇌 손상 정도가 얼마나 되는지 몰라도 뇌 어딘가에는 이전의 그 사람이 남아 있었을 수도 있었어. 아니, 뇌 손상을 전혀 입지 않았을지도 모르지. 머릿속에 갇힌 채 손전등 총을 자기에게 겨누고 있는 나를 보며 비명을 지르고 있으면 어떻게 하지?

숙주는 움직였어. 내가 엄지손가락을 스위치에 올려놓고 주저하는 동안, 그 인간은 겨냥도 하지 않고 손전등 총을 아무 데나 두 방 쏘더니 나선계단으로 달아나 버렸어.

7

난 네 비명을 듣지 못했어. 생각해 보면 그 방에 들어와서 네 목소리는 전혀 듣지 못했던 것 같아. 하지만 난 손전등 총을 맞고 쓰러진 네 몸이 바닥을 때리며 낸 둔탁한 소리는 들을 수 있었어. 머리를 움켜쥐고 신음하던 너는 입을 벌리고 무슨 소리를 내려고 하다가 그만 정신을 잃었어. 나는 호흡과 맥박을 확인해 봤지만 그 정도로는 무얼 어떻게 해야 할지 알수가 없었어.

선반에서 이식물 삽입 보조용 헬멧을 찾아왔어. 일반 오토바이 헬멧에 코어가 토해낸 기계들과 작은 LCD 모니터를 덧붙여 개조한 것이었어. 나는 그걸 네 머리에 씌우고 기계의 센서가 네 뇌를 검사하는 걸 지켜봤어. 잠시 뒤 모니터는 몇 가지 정보를 찍어냈는데, 나로서는 10분의 1도 이해할 수 없었어. 하긴 그게 당연한지도 모르지. 우주연합은 인간의 뇌에 대해 우리보다 훨씬 많이 알고 있어. 그들의 언어가 지구의 언어로 완벽하게 번역되지 않는 건 이상한 일이 아니야. 내가 알 수 있는 건 정체를 알 수 없는 이상한 힘이 네 뇌의 시냅스들을 뒤섞어 놨고 연수를 반쯤 파괴해 버렸으며 그 밖의 막연한 손상을 입혔다는 거였어. 당장 치료하지 않는다면 영구적으로 손상될 거야. 치료법은? 코어가 자가복제 가능한 치료용 나노봇을 만들 수 있다고 했어.

나는 너를 다시 바닥에 눕혀두고 6층으로 달려 올라갔어. 코어를 보관해 둔 금고실의 문이 활짝 열려 있고 그 안이 텅 빈 걸 알아차렸을 때 내 기분이 어땠는지 아니?

그그그카탕모그무인들의 음모가 뭔지 어느 정도 짐작이 갔어. 코어의 내부에는 지구라는 2기 행성에 존재하는 유일한 앤서블이 들어 있어. 3기 문명에서 앤서블은 지구의 MP3 플레이어보다 특별히 나을 게 없는 평범한 물건이야. 하지만 지구에서는 사정이 다르지. 방어 능력이 없는 2기 행성에 떨어진 앤서블이 호전적인 외계인들의 손아귀에 들어간다면 외계인들은 그 2기 행성을 정복할 수 있어. 나는 촌스러운 트레이닝복을 입은 구질구질한 한국 중년 아저씨들 수백만 명이 그그그카탕모그무인들의 조종을 받는 좀비가 되어 파리 개선문 앞을 행진하는 모습을 상상했어. 물론 말도 안 되는 생각이지만 그럴 때 누가 엄정한 논리에 신경을 써?

그러나 급한 문제는 그게 아니었어. 코어가 없다면 나노봇을 만들 수 없어. 나노봇을 만들 수 없다면 어떻게 너를 치료하지?

나는 다시 5층 기계실로 내려갔어. 기계실 냉장고 안에는 예비용 이식물이 몇 개 들어 있었어. 하지만 모두 숙주용일 뿐 대행인용이나 감각 노동자들 것은 하나도 없었어. 하긴 지금 누군가의 망가진 뇌를 고치려면 숙주용이 가장 좋긴 했어. 처음부터 손상 입은 뇌를 재구성하기 위해 만들어진 기계니까. 하지만 그건 재구성이지 복구는 아니야. 그걸 네 머릿속에 넣는다면 너의 인격과 자아는 어떻게 되는 거지? 수리된 너는 과연 너일까? 아니면 너의 기억을 가진 또 다른 존재일까?

대답이 안 나올 게 뻔한 철학 문제를 잡고 씨름할 시간 여유가 없었어. 나는 이식물이 든 실험관을 하나 집어 들고 너에게 달려갔어. 잠시 눈을 감고 마음을 진정시킨 다음 그 꿈틀거리는 벌레처럼 생긴 걸 핀셋으로 꺼내 헬멧의 투입구 안에 집어넣었어. 투입구의 뚜껑을 닫자마자 헬멧이 가볍게 진동하기 시작했는데, 그러는 동안 그 기계는 수술 부위에 난 머리카락을 깎고, 두개골에 구멍을 뚫고 뇌에 튜브를 박은 뒤 그걸 통해 이식물을 네 뇌 속에 집어넣고 있었어. 삽입이 끝나고 헬멧이 상처를 치료하는 동안 이식물은 거미줄처럼 사방으로 퍼진 가느다란 신경망을 뽑아 네 뇌를 장악하기 시작했어. 매뉴얼에 따르면 그 과정이 종결되기까지 최소한 7시간 30분이 걸린다고 했어. 내 경우는 3시간 12분이었어.

휴대전화가 울렸어. 전화를 건 건 아까 나에게 연락했던 남자 감각 노동자였어. 그쪽 소동을 깜빡 잊고 있었던 거야.

그동안 숙주는 좀 잠잠해진 모양이었어. 하지만 입

과 눈에서 피를 뿜는 게 아무래도 정상이 아닌 것 같더래. 나는 난생처음 상급자의 권위를 내세우며 당장 숙주와 함께 어디로든 달아나라고 명령했어. 숙주를 데려갈 수 없다면 길거리에 버리고, 휴대전화는 배터리를 빼놓고 다니면서 필요할 때만 문자메시지를 확인하라고. 남자는 왜냐고 물었지만 난 그냥 전화를 끊어버렸어. 잘 알지도 못하는 일을 설명하다가는 일이 더 커질 것만 같았어.

나는 다시 한번 방을 조사했어. 시체는 여섯 구였어. 하나가 넘어진 선반 밑에 깔려 있더라. 사장은 어디에도 없었어. 내가 알기론 그날 이 방에 모인 사람들은 사장과 숙주까지 포함해서 열네 명이었어. 그럼 나머지 여덟 명은 어떻게 되었을까? 달아났을까? 아니면 나에게 손전등을 휘둘러 댄 아까 그 남자처럼 외계인의 숙주가 되었을까?

나는 컴퓨터로 달려가 인터넷으로 비상 연락망을 확인했어. 실종된 여덟 명을 제외한다고 해도, 지금 부천에는 감각 노동자들 여섯 쌍과, 회사에 오지 않은 대행인 스물일곱 명, 숙주 아흔아홉 명, 해결사 마흔네 명이 돌아다니고 있었어. 나는 간단한 비상 메시지를 작성해 전국에 있는 감각 노동자들과 대행인들에게 문자메시지를 보냈어. 코어를 통해 직접 전달하면 더 확실하겠지만 코어가 얼마나 손상을 입었는지 아직 확실하지 않았어. 해외 지부에도 연락해야 할까? 그것도 알 수 없었어. 아니, 아직은 아무것도 알 수 없었어.

나는 윈도우 메모장에 별 의미 없는 문장을 작성해 왼쪽 눈에 들이대고 입력한 뒤 이식물을 통해 마자랑의 내 컴퓨터에 보냈어. 잠시 뒤 픽, 하는 알림음과 함께 그 영상이 나에게 돌아왔어. 아직 앤서블은 작동 중이었어. 그럴 거라고 생각했어. 코어의 내부는 블랙박스라 구조를 완벽하게 아는 사람은 아무도 없었어. 해결사들이 비상사태에 대비하기 위해 구조를 조금 알고 있긴 했지만 그 지식이라는 것도 몇몇 부속품들의 연결 상태와 위치 정도일 뿐 부속품들의 작동 원리까지 아는 건 아니었어. 그그그카탕모그무인들이 아무리 코어에 대해 잘 알고 있다고 해도 앤서블을 단번에 통제하거나 작동을 정지시키는 건 불가능했어. 코어의 보안장치는 믿음직했고 그그그카탕모그무인들이 가진 도구들이란 기껏해야…….

나는 아까 숙주가 휘둘러 대던 무기를 다시 집어들었어. LED 대신 초록색과 빨간색 셀로판지를 바른

투명 플라스틱 조각들이 박혀 있었고 파이프 안은 지구의 전자제품들을 분해해 재조립한 자잘한 부속품들로 꽉 차 있었어. 고객이 지난 며칠 동안 혼자 이런 것들을 만들 수는 없었어. 분명 이 침공 계획은 훨씬 전부터 시작된 거야. 하지만 왜? 도대체 지구를 정복해서 뭘 어쩌게?

좋아. 이들이 지구를 정복하려 한다고 치자. 그렇다면 도대체 어떻게 대응해야 하는 거지? 회사 지침서엔 외계인의 지구 침략에 대한 대책 따위는 없었어. 우리 임무의 최우선 목표는 지구가 아니라 코어와 앤서블을 수호하고 관리하는 거야. 앤서블을 도난당했으니 분명 비상사태이긴 해. 그렇다고 그냥 미개 문명관리국에 앤서블을 도난당했다고 보고를 해야 하나?

그때, 의문점이 하나 더 떠올랐어. 우리의 고객은 그그그카탕모그무에서 온 최초의 방문객이었어. 적어도 그쪽 말에 따르면 그랬어. 고객에게 이런 손전등 총을 만들 시간 여유가 없었다면 분명 다른 공범이 있는 거지. 그그그카탕모그무가 아닌 다른 별에서 온. 3기에 접어든 지 겨우 3사이클밖에 안 되는 행성이 어떻게 이런 연대를 맺을 수 있었던 거지? 매수당했나? 하지만 도대체 뭘로 매수한다는 건데? 만약 매수당했다고 치자. 그렇다면 그 손전등 총을 만든 건 누구지? 혹시 그 음모가 우리가 생각한 것보다 훨씬 깊고 미개문명관리국과도 연결되어 있다면? 내가 규칙을 따르는 게 그 음모의 일부라면? 일리 없는 생각은 아니야. 이런 걸 사전에 막는 게 관리국의 일이 아닌가? 과연 관리국이 그 정도로 헐렁할까?

걸리는 게 또 하나 있었어. 사장과 회사가 지금까지 저지른 행위는 모두 규약 위반이었어. 만약 우리의 배반을 알아차리고 미개문명관리국에서 우리 모두를 처형하려 한다면? 충분히 있을 수도 있는 일이야. 우린 언제든지 대체 가능하니까. 다음엔 대행인들 없이 숙주들과 해결사들만 가지고 시스템을 운영할지도 몰라. 지금도 해결사들이 달아난 회사 사람들을 하나씩 처형하고 있을지 누가 알아? 괜한 걱정이 아니야. 해결사들은 직접 관리국의 통제를 받지 않지만 그래도 코어에 위협이 된다고 설득하면 뭐든지 해.

두 가지는 분명했어. 하나, 내 능력으로는 진상이 무엇인지 절대로 알아낼 수 없다는 것. 둘, 그렇다고 해도 지금 당장 행동해야 한다는 것. 난 '지구의 운명을 건 도박'으로 시작되는 문장을 막 썼다가 지웠어.

사태의 중요성을 설명하기엔 그 표현은 지나치게 진부한 것 같아.

8

오후 7시 30분. 나는 중동역 근처에 있는 이브모텔이라는 곳에 와 있었어. 온몸은 그동안의 중노동 때문에 땀으로 흠뻑 젖어 있었어. 난 시체들과 피에 젖은 소파, 바닥에서 뜯어낸 리놀륨을 6층 금고실에 숨겼고 30킬로그램이 넘는 장비들과 너를 숙주용 휠체어에 태워 모텔까지 끌고 왔어. 차를 가지고 왔다면 좋았겠지만 그것 때문에 다시 집으로 돌아갈 수는 없었어. 더 멀리 가고 싶어도 휠체어를 밀면서 중간의 언덕길을 오를 자신은 더더욱 없었고.

몇 시간 전 일을 생각하면 아직도 소름이 끼쳤어. 시체를 처음 본 건 아니야. 그 방에서 시체를 처리한 게 처음도 아니고. 가이드와 정보 수집 일을 하기 전에 난 거의 1년 동안 좀비 마스터로 일했어. 그동안 죽은 숙주들을 금고실에서 소각한 게 두 번이나 돼. 그중 한 명은 사장의 형이었고.

금고실에 소각 장치가 있는 건 아니야. 그냥 내열 타일을 벽과 바닥에 붙이고 통풍장치를 달아 만든 소각용 공간만 있을 뿐이지. 사람 몸은 생각 외로 태우기가 쉬워. 환경만 적당히 조성하면 시체는 몸의 지방을 연료로, 옷을 심지로 삼아 저온에서 촛불처럼 천천히 확실하게 타. 이걸 보고 심지 효과라고 하지.

하지만 지금은 사정이 달랐어. 이번에 죽은 사람들은 모두 안면이 있는 직장 동료들이었고 그들의 몸과 방에 묻어 있는 폭력과 공포의 흔적은 결코 무시할 수 없었어. 시체를 옮기는 동안 나는 계속 한예슬의 〈메모리〉를 불러댔는데, 아슬아슬하게 휘청거리는 그 창법을 흉내내고 가물가물한 가사들을 떠올리려고 기를 써야 간신히 내가 하는 일의 끔찍함을 잊을 수 있기 때문이었어.

나는 휠체어를 끌고 화장실로 들어가서 피로 물든 블라우스를 벗기고 네 얼굴과 손을 씻겼어. 그다음에 사무실에서 주워 온 말러 티셔츠를 꺼내 입히고 신발을 벗긴 뒤 너를 침대 위에 눕혔지. 검은 비닐봉지 안에 넣은 블라우스를 가방 안에 감추고 주변을 정리한 나는 스캐너와 휴대전화를 챙겨 들고 모텔 밖으로 나왔어. 근처에 있는 학교 옆 공원에 도착한 뒤, 휴대전화에 배터리를 끼우고 회사 컴퓨터에 전화를 걸었어. 잠시 뒤 전화는 앤서블을 통해 마자랑 행성의 브리-타림에게 연결되었어.

브리-타림은 미개문명관리국에서 일하는 열두 명의 담당관들 중 한 명이었어. 담당관들은 열두 개의 다른 행성들에서 뽑히고 1사이클이 지나면 그 직위를 지금까지 담당하지 않은 다른 행성에 넘겨야 해. 당시 브리-타림은 은퇴를 지구 시간으로 사흘 정도 남겨두고 있었어. 며칠 전에 은퇴 기념 카드를 보냈기 때문에 그건 분명히 기억하고 있었지. 내가 만난 대부분의 마자랑인들이 그렇듯, 브리-타림은 성실했지만 열의는 없었고 우주처럼 큰 것보다는 자잘한 일상의 쾌락을 더 중요시하는 부류였어. 게다가 그들은 지구인들과 육체적으로 어느 정도 비슷했어. 적어도 인공지능의 도움 없이 숙주를 가장 잘 다뤘지. 이 모든 게 위장일 수도 있지만, 그래도 우군을 얻으려면 브리-타림과 마자랑인들을 선택하는 게 가장 낫다고 생각했어. 내가 틀리면? 지구 멸망이지.

브리-타림이 전화를 받자, 지금까지 일어난 일들을 간단히 보고했어. 그그그카탕모그무에서 온 외계인 일당들에게 코어를 도난당했다. 수제 무기의 공격을 받은 많은 대행인들이 죽었고 사장은 실종 상태다. 최소한 한 명 이상의 대행인들이 숙주로 전환되어 도난과 사기 행각에 관여하고 있다. 민간인 한 명이 그동안 부상을 입어 숙주 이식물로 치료 중이다. 어떻게 해야 하는가. 나는 약간 비음을 섞은 징징거리는 어투로 이야기를 했고 단어 사이사이에 불필요한 휴지기를 살짝 집어넣었어. 이건 전형적인 마자랑 아기들의 어투였어. 어떻게든 브리-타림의 모성애에 호소하려는 얄팍한 술수였지. 어차피 들통나긴 하겠지만 그렇다고 해서 효과가 없으리라는 법도 없잖아?

브리-타림은 말을 돌리며 시간 낭비하는 부류는 아니었어. 내 보고가 끝나자마자 도대체 어떻게 숙주 안에 든 외계인 한 명이 그처럼 많은 대행인들을 한꺼번에 제압할 수 있었느냐고 묻더군. 나는 그 외계인이 사장에게 어떤 제안을 했고 그 때문에 사장이 사람들을 불러들인 거라고 말했어. 브리-타림은 그 제안이 뭔지 묻지 않았어. 아마 너무 뻔했던 거겠지.

순식간에 내 속셈을 꿰뚫어 본 마자랑인은 나를 달래기 시작했어. '그 제안이 무엇이든' 일차적인 책임은 사장에게 있으니 당신은 걱정할 것 없다. 중요한 건 코어의 안전이다. 일단 부천에서 관광객들을 내보

48

내자. 그 빈자리는 관리국에서 직접 통제하겠다. 민간인의 숙주 치료는 진행 중인가? 지금 도와줄 관리국 직원이 필요할 테니 치료가 끝나고 신경망이 안정되면 감염 위험 정도를 확인한 뒤 그 몸으로 한 명 보내겠다. 마지막은 염려 섞인 제안처럼 들렸지만 사실 명령이었어.

나는 그 모든 걸 받아들였어. 단, 조건을 달았지. 어떻게 된 일인지 확실해지기 전에 다른 데에는 알리지 말고 해결사들도 출동시키지 말라고 말이야. 브리-타림은 잠시 망설이더니 며칠 정도는 보고를 미루어 줄 수 있다고 했어. 해결사들에 대해서는 브리-타림도 어쩔 수 없었어. 해결사는 관리국이 아닌 코어에 종속되어 있었고 직접 명령은 받지 않았어. 관리국에서는 코어의 동의를 얻어 제안만 할 수 있을 뿐이었지. 그런데 지금은 코어가 어떻게 되었는지도 알 수 없는 상황이잖아.

그다음에 내가 전화를 건 쪽은 또 다른 미개 문명 담당관인 브콰이아브라우아이야이였어. 출신 별을 언급하지 않은 건 외계인의 이름이 별 이름이고 둘이 분리된 존재가 아니기 때문이야. 브콰이아브라우아이야이는 521억 2천만 광년 떨어진, 그러니까 관측

가능한 우주 저편에 있는 태양과 비슷한 노란 항성 표면의 플라스마가 유기체를 형성해 의식을 얻은 경우인데, 자신의 몸이라고 할 수 있는 항성 전체를 거대한 컴퓨터 겸 앤서블 송수신기로 만들어 운영하고 있었어. 내가 브콰이아브라우아이야이를 선택한 건 이 의식 있는 별이 우리와 대화가 가능한 게 신기할 정도로 이질적인 존재이기 때문이었어. 다시 말해 이런 음모에 가담할 가능성이 가장 적었다는 거지.

웅웅거리는 통화음과 함께 브콰이아브라우아이야이가 전화를 받자, 난 애교 없는 사무적인 소리로 짤막하게 용건만 말했어. 누군가가 지구 지부의 코어를 훔치려는 음모를 꾸미고 있다. 관리국 내부에 공범자가 있을지도 모르니 더 이상의 정보는 공개할 수 없다. 어떻게 된 것인지 알아봐 줄 수 있겠는가? 브콰이아브라우아이야이가 긍정을 의미하는 쿵쿵 소리를 내자 난 전화를 끊었어.

전화를 끊고 나자 '지금 내가 뭐 하는 짓인가' 하는 생각이 들었어. 나름대로 잔꾀를 부려 우군과 견제 세력을 만들었지만 이 모든 건 아무런 근거 없는 의심과 추정에 바탕을 둔 거잖아. 내가 전화를 끊자마자 브콰이아브라우아이야이와 브리-타림이 서로에게 전화를 걸어 "저 바보 같은 지구인이 지금 뭐라고 말했는지 들었어?"라고 키들거리고 있을지도 몰라. 아니면 애당초부터 브콰이아브라우아이야이나 브리-타림과 같은 외계인들이 없는지도 모르지. 내가 그들이 존재한다고 믿는 건 앤서블을 통해 우리에게 일방적으로 전달된 정보를 믿기 때문이야. 그게 전부 조작된 게 아니라고 어떻게 확신해? 왜 그들이 지구인들에게 자기 정체를 몽땅 밝혀야 하는 건데?

9

사장과 나는 이미 그 가능성에 대해 토론한 적이 있어. 회사가 본격적으로 고객들을 맞이한 지 한·달쯤 되던 날 밤이었어. 우린 조카가 데리고 오는 '여자친구'에 지나친 관심을 보이는 그 사람의 삼촌 부부한테서 달아나려고 중동 중앙공원 부근으로 산책을 갔어. 일이 상당히 잘 풀리던 때여서 사장은 잔뜩 흥분해 있었어.

우린 거의 날이 샐 때까지 이야기를 했어. 구체적인 내용은 기억이 잘 안 나지만 사장이 거창하고 요란한 비전을 하늘로 띄우면 내가 그걸 현실 세계로 끌어내리는 식이었어. 당시 난 꽤 엄격한 비관주의자 였는데, 집안 재산이 다 날아가 버리고 가족들이 사 방으로 뿔뿔이 흩어졌으니 그 정도의 신중함은 당연 했어.

내가 가장 궁금했던 건 과연 우리가 최근 접한 정 보를 얼마만큼 믿어야 하느냐는 거였어. 그 우주선이 우리가 아는 세계에서 오지 않은 건 분명했어. 지구 기술로는 그런 걸 만들 수가 없지. 그건 당연해. 하지 만 그렇다고 해서 그들의 말을 다 믿어야 한다는 법 도 없잖아? 제대로 받아들이기엔 스케일이 너무 컸 어. 우주연합이라니. 은하연합도 아니고 우주연합이 야. 70억 개가 넘는 항성계들로 구성된 전 우주의 기 술 문명이 초광속 통신으로 연결되어 있는 거야.

"하지만 왜 우주연합이야?"

난 이렇게 물었어.

"왜 화성은 아니지? 왜 알파 켄타우루스 항성계는 아니야? 그 정도로 발전된 문명이라면 왜 초광속 우 주선을 못 날려?"

"분자보다 큰 물체가 형태를 유지하면서 광속보다 빠른 속도로 여행하는 게 불가능하다잖아. 게다가 초

광속으로 우주 전체에 정보를 보내는 것 자체도 엄청난 업적 아냐? 그리고 4기 문명이라면 초광속 여행 방법을 알아냈을지도 모르지."

"우주연합, 4기 문명, 그건 다 그쪽에서 하는 얘기일 뿐이잖아. 그들이 진짜로 어디에서 왔는지 어떻게 알아? 버드 제독 말대로 지구 중심에 사는 거인들이 우릴 조종하는 거라면?"

"지구 중심에 사는 사람들이라면 지표면을 관광하는 데 그렇게 복잡한 방법을 쓸 필요가 있을까?"

"그건 그냥 예야. 지구 중심이 아니라 화성일 수도 있고 아틀란티스일 수도 있고 금성일 수도 있어. 내 말은 우리가 받는 메시지가 사실이라는 증거는 하나도 없다는 거야. 우리가 알고 있는 건 우리보다 기술이 뛰어난 무언가가 우리에게 메시지를 보내고 있다는 것뿐이야. 안 그래?"

그때까지만 해도 술에 취한 것처럼 들떠 있던 사장은 갑자기 태도를 차갑게 바꾸었어. 화를 낸 건 아니고 그냥 이상할 정도로 침착해졌다는 거지.

"나도 그 부분에 대해 생각해 봤어. 하지만 그거 알아? 난 신경 안 써. 누가 우주선을 보냈든 상관없어. 중요한 건 우리가 가진 힘이야. 이걸로 우리가 무엇을 할 수 있을지 생각해 봐!"

"힘? 무슨 힘? 우린 여행사 직원이야!"

"그래, 여행사 직원 맞지. 전 우주와 접속할 수 있는 여행사 직원. 정보는 힘이야. 우주연합이 아무리 최우선 지침을 내세우고 필수 정보를 검열해도 우리가 얻을 수 있는 건 여전히 엄청나. 지금 우리가 알고 있는 것만 해도 세계를 뒤흔들 수 있을걸."

"하지만 그걸 다른 사람들에게 말하지는 못하지."

"상관없어. 이식물은 정보를 다른 사람들에게 누설하는 것만 막지, 그 정보를 활용하는 것까지 막지는 못하거든. 우리가 정보를 얻는다고 그쪽이 우릴 처벌할 수 있는 것도 아니잖아. 알겠어, 누나? 우린 세계를 정복할 거야."

그때 말렸어야 하는 건데. 하지만 그땐 사장이 말한 '세계 정복'이 과장이 아닐 거라고는 상상도 하지 못했어.

지금은 나도 사장의 계획에 대해 어느 정도 알고 있어. 나중에 사장의 집을 정리할 때, 침대 매트리스 사이에 숨겨둔 노트 하나를 발견했거든. 사전 정보를 가지고 있지 않은 사람이 어린아이처럼 삐뚤삐뚤한 필체로 쓰인 그 글을 읽었다면 만화 줄거리라고 생각했을지도 몰라.

그 노트는 진짜로 지구 정복 계획서였어. 사장은 지구를 지배하는 독재자가 될 생각 따위는 없었어. 단지 더 나은 세상을 만들고 싶었던 거지. 차별과 편견이 존재하지 않고 전 세계 모든 사람들에게 풍요로움이 돌아가는 그런 세계 말이야. 헛된 계획은 아니었어. 그 정도는 앤서블 테크놀로지를 전수받지 않아도 가능했을 거야. 우리가 지난 몇 년 동안 앤서블 네트워크나 관광객들로부터 조금씩 모은 정보들만 해도 상당했어. 우린 보존법칙을 위반하지 않으면서도 거의 영구기관처럼 움직이는 기계를 만들 수 있었고, 지구의 미생물을 이용해 모든 종류의 음식을 완벽하게 복제하는 방법도 알고 있었어. 코어가 생산해 내는 장치들만 효율적으로 활용해도, 우린 충분히 독재자들을 암살하고 정부 요인들을 세뇌시키고 기적을 조작하고 제도권 기성 종교들을 파괴할 수 있었어.

당연한 일이지만 사장의 계획은 후자에 집중하고 있었어. 하긴 그게 계획 짜기도 더 재미있지. 사장의 노트는 SF 요소를 살짝 더한 프레드릭 포사이드의 소설 같았어. 정부 요인의 주변 인물들을 납치해 숙주로 만들고 그 숙주를 이용해 요인에게 이식물을 먹이고……. 결론이 난 건 아니지만 그래도 꽤 흥미진진했어. 내 생각엔 사장이 정말로 이런 짓을 저질렀어도 우주연합은 크게 신경을 쓰지 않았을 것 같아. 어차피 사장의 음모가 완결되려면 우주연합의 정체는 밝혀져선 안 되었으니 최우선 지침은 그대로 지켜지는 거지.

하지만 아무리 우주연합이 관대하기 그지없고 사장의 목적이 선해도 건드리지 말아야 하는 선이라는 게 있어. 앤서블 테크놀로지가 바로 그 선이었어. 아무리 남들 몰래 자기 혼자만 쓴다고 해도 그 선만은 넘어선 안 되었던 거야.

10

다음 날 아침 8시. 붙박이 탁상시계가 요란하게 울렸고 4시부터 비몽사몽한 상태였던 나는 허겁지겁 소파에서 몸을 일으켰어.

침대는 텅 비어 있었어. 하지만 내 두뇌는 여전히 반쯤 오작동 중이었어. 나는 그 뒤 10초 동안 왜 텅 빈 침대가 나에게 그처럼 엄청난 감정을 불러일으켰는지를 알아내기 위해 필사적으로 삐걱거리는 뇌를 굴렸어.

화장실에서 물 내리는 소리가 났어. 곧 수돗물이 세면기에 흐르는 소리가 들렸고 문이 열렸어.

화장실에서 나온 건 바로 너였어. 아니, 너는 아니었어. 너의 육체를 뒤집어쓴 누군가였지. 열 손가락을 몰아치는 파도처럼 리드미컬하게 움직이는 걸 보아하니 십중팔구 마자랑인이었어. 브리-타림이 보내주겠다고 약속했던 부하.

"엘로이 레이."

너의 입이 벌어지더니 유려한 발음의 제2표준어 인사가 튀어나왔어. 낯설었어. 네 입에서 우주 표준어가 튀어나온 것도 그랬고, 비교적 몸이 멀쩡한 젊은 여자가 감각 노동자가 아닌 일반 숙주처럼 행동하는 것도 그랬고. 나는 건성으로 인사를 하며 눈을 가늘게 뜨고 안경 너머의 네 눈에서 무언가를 읽어내려고 시도해 봤어. 읽을 수 있는 건 마자랑인 특유의 독특한 눈 모양이었어. 웃는 것도 아니고 우는 것도 아니지만 자잘한 감정이 끊임없이 오가는 그 괴상한 눈 모양.

"바기-지랑이에요."

너는 한국어로 말을 이었어.

"브리-타림의 호출을 받고 왔어요. 이곳 시각으로 7시 28분에 접속 완료했지요. 시스템 확인했고 추적 장치도 껐으며 적응도 마쳤어요. 지금까지 관련 기록들을 읽고 있었고 아까 화장실에도 다녀왔는데……. 와앗! 여자군요!"

전형적인 마자랑식 논리였어. 마자랑인들은 '생각의 일관성'을 유지하는 일 따위는 하지 않아. 지구인이 대화할 때는 "얼마나 상심이 크시겠습니까?"와 "어제 〈논스톱 5〉에서 구혜선이 교복 입고 나오는 것 봤어요?"가 결코 섞이면 안 되지. 하지만 마자랑에서는 이런 문장들이 자연스럽게 섞여. 그렇다고 주변 분위기에 맞지 않게 아무 소리나 막 해도 된다는 건 아니야. 이런 이질적인 요소들을 잘 섞어서 이야기가 적절하게 흐르도록 하는 것이 바로 마자랑인만의 화술이지. 문학작품들도 마찬가지야. 마자랑의 소설이나 시를 읽어보면 정신이 없어. 자동기술법으로 쓰인 초현실주의자들의 시처럼 문장과 생각이 정말 아무 데로나 흐르거든. 그렇다고 그런 책들이 정말 자동기술법으로 쓰인 건 아니야. 사고방식과 형식이 다를 뿐이지.

그리고 "와앗! 여자군요!"라는 감탄사는 지구인인 내가 봐도 이해할 만했어. 감각 노동자들은 대충 성비가 맞는 편이지만, 부천의 일반 숙주들 중 여자는 두 명밖에 없거든. 알코올로 뇌가 망가진 서울역 노숙자들의 성비를 생각해 봐. 두 명도 상당히 많은 거야. 물론 해외 지부에는 보다 상태가 좋은 숙주들도 있고 성비도 우리나라보다 고른 편이지만 적어도 바기-지랑에게 여자 몸이 돌아간 적은 없었어. 그게 좀 우스꽝스럽기는 했지. 바기-지랑은 굉장히 아줌마 같은 외계인이었거든. 남자 몸 안에 들어가 있을 때도 늘 가면 쓴 여자 같았어.

　바기-지랑은 1998년 우리 여행사가 문을 연 뒤로 50번 넘게 지구를 방문했어. 지구의 문학작품들을 우주 표준어들로 번역하는 작업을 담당하고 있었고 제2표준어로 혜경궁 홍씨의 전기까지 쓴 적 있었어. 이 정도였으니 지구인에 대해 가장 잘 아는 외계인이라고 해도 과언은 아니었어. 적어도 문자화된 지식에 관해선 나 같은 지구인들보다 훨씬 위였거든. 난 지금까지 이 사람을 학자라고 생각했기 때문에 이런 임무를 수행하기 위해 파견된 게 조금 이상하게 느껴지긴 했지만, 마자랑인들의 사고방식을 고려해 보면 특별히 비정상적일 것도 없었어. 게다가 3기 문명 행성 에선 '전문가'라는 것에 대단한 의미를 부여하지 않 거든.

바기-지랑은 굉장히 친근감 넘치는 성격이라, 가 끔 나는 이 외계인을 친구라고 착각했어. 하지만 그 착각이 오래 지속된 적은 없었어. 외계인과 지구인 사이에는 정상적인 우정이 지속되기 어려워. 일단 외 계인들은 늘 무언가를 숨기고 있기 마련이야. 최우선 지침을 지키기 위해서라도 지구인들에게 맘을 완전 히 열 수는 없지. 게다가 만날 때마다 육체가 늘 바뀌 는 사람을 어떻게 친구로 삼을 수 있겠어? 차라리 인 터넷 키팔(keypal) 상대가 더 안정적이지.

내 정신이 간신히 정상으로 돌아오자, 바기-지랑 은 내가 잠들어 있는 동안 모텔 방바닥에 굴러다니 는 회사 기기들로부터 얻은 정보들을 종합해서 알려 주었어. 코어의 기능은 정상이었어. 우주연합에서 오 는 앤서블 정보는 빠짐없이 수신되고 있었고, 코어가 송수신하는 중성미자 정보도 문제가 없었어. 하지만 코어는 어떤 외부 정보도 보내오지 않았고 구조 신호 도 요청하지 않았으며 미개문명관리국에서 보낸 어 떤 질문에도 대답하지 않았어. 그냥 묵묵히 하던 일만 계속하고 있었던 거야. 당연한 일이지만 해결사들이 지금 무엇을 하고 있는지도 알 수 없었어.

"이건 무엇을 의미할까요?"

바기-지랑이 말했어.

"단 하나예요. 코어는 지금 회사의 믿을 만한 누군가에 의해 관리되고 있어요. 적어도 코어는 자신이 그런 누군가에 의해 관리되고 있다고 믿고 있지요. 그렇다면 그건 누구일까요? 사장입니다. 그리고 사장은 지금 실종 상태지요."

바기-지랑의 관심이 잠시 예쁘고 기능성도 뛰어난 녀의 손과 손가락에 돌아가 있는 동안 나는 사장을 위한 변론을 준비했어. 과연 사장이 지구 정복을 위해 주변 사람들의 학살을 방조할 만한 사람일까? 당연히 아니라고 말하고 싶었지. 하지만 생각해 보면, 사장은 결코 박애주의자도 아니었고 비폭력주의자도 아니었어. 일단 우리가 부려먹고 있는 숙주들이 다 어디에서 왔는데? 게다가 사장은 자기 형까지 숙주로 만들지 않았어? 결코 결백한 사람이 아니었어. 지난 7년 동안 지구 대표로 일하면서 과대망상증에 잔뜩 빠져 있었는데, 지구 정복에 눈이 돌아가면 무슨 일을 저지를지 누가 알아?

그래도 사장이 외계인에게 자발적으로 협조할 만한 사람이 아니라는 믿음은 바뀌지 않았어. 우선 동기가 약하잖아. 지구 정복은 급하지 않았고 앤서블 테크놀로지 없이도 충분히 할 수 있는 일이었어. 형을 반쯤 때려죽인 뒤 숙주로 만든 거야 급한 사정이 있었으니 그랬던 거고(술에 잔뜩 취해 쇠 파이프를 휘둘러대며 자기랑 남자 친구를 죽이려 덤벼드는데 어떻게 해. 그냥 맞고 죽어?), 숙주들을 운영하는 사장의 방식도 나쁘게만 볼 이유는 없었어. 적어도 숙주들은 서울역 광장에서 구르는 대신 비교적 좋은 환경 속에서 잘 먹고 잘살고 있잖아. 사장은 언제든 야비해질 수 있는 사람이었지만 그래도 핑계 없는 짓은 하지 않았어.

하지만 ㄱㄱㄱㅋ탕모ㄱ무에서 온 그 사기꾼의 제안이 충분한 핑계가 되어줄 정도로 엄청난 것이었다면? 만에 하나 이 가정이 맞다면 그 제안은 또 뭔데?

"사장이 인질로 잡혀 있을지도 모르죠."

난 모든 생각을 접고 맥없이 대답했어.

"그것도 가능성 중 하나지요."

바기-지랑은 고개를 끄덕였어. 동작이 너무 명확해서 마치 경험 없는 배우가 각본에 있는 동작을 또박또박 서툴게 따라 하고 있는 것처럼 보였어. 하긴 아까 외친 "와앗!"도 부자연스럽긴 마찬가지였어. 일단 숙주 몸이 여자라는 걸 그렇게 늦게 눈치챈 것부터 좀 그렇잖아. 화장실까지 다녀왔으면서. 이래서 내가 마자랑인들을 못 믿는 거야. 모든 게 다 연기 같거든.

"하지만 우린 모든 가능성들을 고려해 봐야 해요."

바기-지랑이 말을 이었어.

"사장이 이 모든 것들을 꾸몄을 가능성은 없습니까?"

"하려면 못 할 것도 없지요. 사장이 가담했다면 분명 도움이 되었을 거예요. 하지만 그랬다면 더 은밀하지 않았을까요? 이렇게 현장에 흔적을 남기며 더럽게 살인할 필요도 없었을 거예요. 아니, 살인 자체를 할 필요가 없었을지도 모르죠. 저만 해도 사장이 무슨 짓을 저지르든 신경 쓰지 않았어요. 다른 사람들도 마찬가지였을 거고. 사장이 외계인 일당과 무슨 일을 꾸몄다면 언제 필요할지도 모르는 사람들을 저렇게 죽이지는 않았을 거예요. 차라리 우주연합의 음모설이 더 타당해요. 그리고 어느 쪽이든 상관없어요. 지금 중요한 건 코어를 찾는 것이니까."

말이야 바로 했지. 하지만 어떻게 코어를 찾아야 하지? 코어가 협조적이라면 찾는 건 큰 문제가 없어.

센서들을 이용해 자기가 있는 곳에 대한 정보를 알려줄 테니까. 하지만 지금 코어는 자발적으로 눈, 코, 입을 닫고 있었어. 우주선의 본체가 멀쩡했다면 우리에게 코어의 위치를 알려줄 수 있었을지도 몰라. 하지만 지금 지구궤도 위를 돌고 있는 본체는 망가지기 직전의 고물이었어. 그 밖의 방법은? 코어의 중성미자 송수신기를 이용하는 방법이 있었어. 앤서블과는 달리 중성미자 송수신기는 어느 정도 위치 추적이 가능하니까. 하지만 지구의 기술로 그런 추적 장치를 만드는 건 불가능했어. 송신기 정도는 만들 수 있었어. 실제로 우리 엔지니어들은 베타 붕괴를 이용한 중성미자 방사체를 단 커다란 송신기를 실험 삼아 몇 개 만들기도 했어. 하지만 문제는 수신기였어. 지구상에 존재하는 중성미자 수신기는 모두 코어가 만든 것들이었어. 이식물을 개조하는 방법도 고려해 봤지만 역시 어려웠어. 살아 있는 생명체와 같아서 조금이라도 칼을 대면 죽어버렸거든. 개조할 만한 기술이 없기도 하고.

결국 직접 찾는 건 불가능해 보였어. 어쩔 수 없이 탐정 흉내를 내야 했지. 이쪽으로는 조금 길이 열려 있었어. 지금까지 저들은 용케 우리에게 들통나지 않고 일들을 처리해 왔지만 그래도 단서가 남을 수밖에 없었어. 이전 기록들을 조사해 보면 무기를 만들고 아지트를 마련한 게 누구인지 알아낼 수 있을지도 몰라. 만약 저들의 음모가 고대 앤서블의 구조를 파악해 전송하는 수준에 머물지 않는다면 더 낙천적이 될 수 있어. 그 음모가 무엇이든 십중팔구 숙주들을 이용할 수밖에 없을 테니 그 패턴을 조사해 코어의 위치를 알아낼 수 있겠지.

"고대 앤서블 구조를 알아서 뭐 하게요?"

바기-지랑은 그 가능성을 지워버리고 싶어 했어.

"앤서블이야 어디에서 만들든 다 똑같지. 고대문명이라고 특별히 다른 기계를 만들어낸 건 아니거든요. 우리가 모르는 뭔가 대단한 걸 만들 정도였다면 당장 4기로 건너뛰었겠지요."

"4기 문명이 만든 기계일 수도 있지 않을까요? 어디에서 우주선을 만들었는지는 아무도 모른다면서요."

"그럴 것 같지 않은데요. 그렇게 대단한 기계였다면 관리국에서 못 알아차렸을 리가 없지요. 코어가 블랙박스인 건 사실이지만 그렇다고 엄청나게 신비로운 무언가를 숨기고 있었다는 증거도 없었어요. 그 정도의 정보야 관리국 내부 직원들에겐 공개되어 있거든요. 결정적으로 물적 단서를 남기는 수준이라면 4기 문명에서 만든 것일 리가 없어요."

그렇다면 그런 거겠지. 적어도 나는 그렇게 받아들이고 넘어갔어. 물론 내가 바기-지랑의 생각에 완전히 동의해야 한다는 법도 없었어. 4기 문명에 대해 아무것도 모르는 건 바기-지랑도 마찬가지니까. 하지만 바기-지랑이 저렇게 생각할 정도라면 다른 외계인들도 '신비로운 고대문명'이라는 표현에 속아 넘어가 일을 벌일 가능성은 별로 없을 것 같았어.

사실 3기 문명의 외계인들은 '고대문명'에 별다른 매력을 느끼지 못해. 지구였다면 '4기 문명이 고대문명을 창조했네.' 운운하는 가설들이 나와 사람들을 홀렸겠지만, 3기 정도에 돌입하면 누가 누구의 문명을 창조했느니 따위엔 별 관심이 없어지기 마련이야. 뭐, 드물긴 하지만 어떤 행성의 문화가 다른 행성의 영향을 받았을 수도 있겠지. 하지만 그래 봤자 기껏해야 2기 말기나 3기 초기의 유치한 애들이 한 짓이야. 3기 중반에만 접어들어도 신 흉내를 내는 일 따위엔 신경 쓰지 않는 법이거든. 물론 4기에 접어든 문명이라면 더욱 세련되었겠지. 정말 4기가 있다면 말이지만. 게다가 우주엔 고대문명이 너무 많아. 새로 발견된 고대문명이 지금까지 발전된 고대문명과 특별히 다를 가능성은 전혀 없어. 무언가 새로운 것이 나오기엔 우주는 너무 넓고 오래되었어.

우주는 어딜 가도 비슷해. 그렇다고 외계인들이 모두 〈스타트렉〉에 나오는 분장한 배우들처럼 생겼다는 건 아니야.

우주는 온갖 종류의 지적 생물들로 가득 차 있어. 하지만 그 다양함에도 한계가 있어. 한계가 없다고 해도 다양함 자체가 진부해지는 선이 있지. 게다가 아무리 다른 조건에서 시작한다고 해도 지적 생물들의 발전 과정은 다들 비슷비슷해. 운 좋은 몇몇이 기술 문명을 만들고 더 운 좋은 몇몇이 앤서블을 만들 수 있을 정도로 발전하지. 그렇게 되면 우주연합에서 가입하라고 메시지가 오는 거야. 가입하고 나면 한 연못 속의 물고기들처럼 비슷비슷한 삶을 살다가 언젠가는 4기로 건너뛰겠지.

정말 4기가 있을까? 나도 몰라. 4기 문명이란 사후세계와 비슷해. 어떤 이들은 천국이나 지옥이 있다고 믿고 어떤 이들은 죽으면 끝이라고 생각하잖아. 똑같아. 4기 문명에 도달해 갑자기 앤서블 네트워크에서 사라진 이들이 어떻게 되는지 아무도 몰라. 수많은 가설이 존재하지만 증거는 없어. 다들 아무런 흔적이나 단서도 남기지 않고 그냥 사라져. 탐사선을 보내봐도 찾을 수 있는 건 행성이 있었던 빈자리뿐이지. 하지만 4기가 있다고 해도 특별히 엄청난 다양성이 우리에게 주어지는 건 아닐 거야. 오히려 반대겠지. 원래 다양성이란 울타리 밖을 인지하지 못하는 무지와 그 울타리를 넘지 못하는 무능력에 바탕을 둔 법이거든.

또 이야기가 옆으로 샜다. 나도 점점 바기-지랑을 닮아가나 봐.

어디까지 이야기했더라? 맞아, 그때부터 우리가 한 일은 여행사의 기록을 검토하는 것이었어. 가이드가 없으면 아무것도 못 하는 '안겨 붙는 손님'들은 뺐어. 우리가 용의자로 삼은 건 지구에 여러 번 와서 지리나 육체에 익숙하고 우리가 발견한 무기와 같은 걸 만들 수 있을 정도로 훈련이 되어 있고 가이드 없이 혼자 부천 시내를 돌아다닌 부류들이었어. 이런 식으로 좁혀나가니 한 여덟 명 정도가 추려지더라. 모두 다른 행성 출신들이었고 여행 목적도 달랐어. 이들 중 몇 명이 이 음모에 가담했는지는 알 수 없었어. 전부일 수도 있고 한 명 정도일 수도 있겠지.

　지구의 수사관들이라면 당장 이들을 서로 불러들여 취조할 수 있었겠지. 하지만 용의자들은 모두 전 우주에 흩어져 있었어. 앤서블로 연락하는 거야 가능했지만 이들한테서 의미 있는 정보를 얻어내는 건 처음부터 불가능했어. 그쪽이야 그냥 자기 집에 앉아 이전 주장만 고수하면 되거든. 그리고 수상쩍다고 해도 우리가 어쩔 거야? 체포하러 몇백억 광년을 날아가?

　우리가 택한 방법은 마자랑에 연락해서 이 여덟 명의 행동 패턴을 분석하는 것이었어. 우린 용의자들이 이용했던 숙주의 이식물에 접속해서 남아 있는 백업 기억들을 다른 자료들과 함께 마자랑의 컴퓨터에 보냈어. 백업 기억들은 당연히 조작되었겠지만 그 조작 자체가 단서가 될 수도 있었지. 이들의 신상을 검토하는 것으로 동기를 밝혀낼 수 있을지도 몰라. 추리소설에서와는 달리, 이 모든 건 다 그쪽 컴퓨터가 훨씬 잘할 수 있는 일이었어. 우리가 할 수 있는 일은 그 추리 작업을 위해 자료들을 정리해 제공해 주는 것뿐이었어.

　잠시 뒤 답변이 도착하더라. 이름은 여덟 개에서

세 개로 줄어 있었어. 유감스럽게도 이건 별 의미가 없었어. 코어의 앤서블과 연결하기 위해서는 일단 우주관광국의 허가를 받아야 해. 그 때문에 지구와 관광국 모두에 자료가 남지. 하지만 이들 셋은 지금 앤서블과 연결되어 있지 않았어. 분명 어딘가에 거짓말과 기만이 섞여 있는 거지. 그게 무엇인지 알아낼 방도는 없었어. 모든 관광객의 접속을 차단하면 되지 않느냐고? 미안하지만 그것도 안 되었어. 전에도 말했잖아. 우주관광국은 교통정리만 할 뿐 접속 행위 자체를 물리적으로 통제하지는 않았어. 그건 전적으로 코어의 담당이었어.

우리에게 남은 건 발자국뿐이었어. 비교적 수상쩍어 보이는 익명의 여행자들이 남긴 흐릿한 경로.

11

고대 앤서블과 코어가 특별한 존재가 아니라고 해서 우리가 연구를 안 했던 건 아니야. 그건 지구 문학이 그렇게까지 특이한 게 아니어도 여전히 바기-지랑이 우주 표준어로 번역하고 논문을 쓰는 것과 같지. 우주에서 특별하고 새로운 것만 찾는다면 아무 일도 하지 말아야 해.

아까도 말했지만 탐사선은 약 166만 사이클 전에 만들어졌어. 지구 달력으로는 대략 300만 년 전에 만들어진 거지. 오해할까 봐 말하겠는데 우주선을 구성하는 기기들까지 300만 살은 아닐 거야. 탐사선은 페르세우스자리 팔 어딘가에 있는 미지의 행성에서 만들어진 뒤 은하계 자전의 반대 방향으로 돌면서 은하계를 여행해 왔어. 태어난 뒤부터 지금까지 최소한 9862개 이상의 항성계를 탐사했고 기회가 있을 때마다 자신과 똑같거나 자신보다 개량된 탐사선들을 만들었어. 이론상 우리 은하엔 우리 탐사선과 똑같은 우주선들로 북글거려야 해. 왜 우주연합이 이 우주선 하나밖에 발견하지 못했는지는 아직 아무도 몰라.

당연한 일이지만 탐사선은 광속 이상의 속도를 내지는 못해. 최고 속도가 광속의 99.2퍼센트 정도라고 들었어. 엄청난 속도이긴 하지. 내가 알기로 우주선은 이 속력을 방문하는 항성계 자체에서 얻는다고 들었어. '우주의 흐름'이라는 시적인 표현을 사용하지만 사실 나사가 만든 행성 탐사선의 가속 원리와 특별히 다를 것도 없어. 단지 3기 문명은 아주 짧은 시간 동

71

안 항성계에서 효과적으로 에너지를 뽑아내는 방법을 알고 있어. 만약 이 우주선이 고장 나지 않은 상태에서 태양계 안으로 들어왔다면 밤하늘에 엄청난 장관이 연출되었을 거야. 거의 광속에 가깝게 날고 있던 우주선이 몇 분 동안 태양계 탈출 속도 이하로 감속했을 테니 말이야. 빛나는 긴 선이 밤하늘을 쭉 찢는 것처럼 일그러진 공간 위에 그려졌겠지.

하지만 탐사선은 그렇게 요란하게 태양계로 들어오지 않았어. 탐사선은 72만 사이클쯤 전에 원인을 알 수 없는 심한 손상을 입었어. 이 사건은 꽤 중요한데, 그게 이전 우주 문명의 소멸 시기와 연관되어 있을 가능성이 크기 때문이야. 그 뒤로 탐사선은 초속 100킬로미터 정도의 속도로 오리온자리 팔의 성간 우주를 휘청거리며 방황하다가 우리 태양계로 들어온 거야. 그러는 동안 우주선의 보호막은 반 이상이 떨어져 나갔고 탐사선의 코어는 치명적인 우주선(宇宙線)을 뒤집어썼지. 탐사선은 튼튼하게 만들어졌지만 몇십만 년 동안 수리 없이 성간 우주를 방황할 수 있는 정도는 아니었던 거야. 지금까지 코어가 살아남은 것만 해도 신기한 거지.

탐사선은 처음부터 지구를 목표로 하고 있었을까?

그건 아무도 몰라. 처음부터 목표로 삼았을 수도 있고 우연히 이 태양계 안에 들어왔는데 거기에 지구라는 행성이 있었던 것인지도 모르지. 우리가 알고 있는 건 탐사선이 태양계에 들어온 뒤 정확히 지구를 목적지로 삼았다는 거야. 태양계에 들어오자 탐사선은 스파이더맨처럼 카이퍼벨트와 외행성들 사이를 누비며 천천히 감속했고 트로이소행성군 사이에 숨어 지구를 관찰하다가 한국 시각으로 1998년 8월 1일, 지구의 궤도에 숨어들었어.

그 뒤, 탐사선은 거의 하루 동안 고민했어. 그렇게 똑똑한 우주선은 아니었거든. 똑똑할 필요도 없었고. 탐사선의 전성기 때엔 앤서블 네트워크로 연결된 또다른 우주 문명이 존재했기 때문에 그쪽 명령만 받으면 되었어. 하지만 다들 72만 사이클 전에 사라졌으니 지금은 직접 생각해야 했지. 지금의 우주연합과 접촉하면 되지 않았겠냐고? 탐사선의 앤서블들은 모두 심하게 망가진 상태였어. 착륙선의 앤서블 하나가 비교적 멀쩡했지만 반쯤 망가진 탐사선의 상태로는 그걸 작동시킬 수 없었던 거야.

탐사선은 망가진 두뇌로 수많은 착오를 거친 뒤 결국 판단을 내렸어. 내부의 자기복제 장치를 이용해 어설픈 중성미자 송수신기를 만들고 그걸 착륙선과 본체를 연결하는 선으로 삼았어. 탐사선의 코어는 착륙선에 들어갔고 통신수단이 완성되자 착륙선은 서해로 떨어졌어. 우리 눈으로 그걸 봤다면 완벽하게 둥근 검은 물체의 표면에서 물방울 같은 혹이 생겼다 떨어지는 것처럼 보였을 거야.

서해 연안을 착륙 지점으로 삼은 이유는 조수간만의 차 때문이었다고 해. 안전하게 바다에 떨어진 뒤 비교적 손쉽게 해변으로 접근해 숙주를 찾을 수 있다는 계산이었지. 착륙선도 그렇게 멀쩡한 상태는 아니었으니 말이야. 여름 해수욕장에 바글거리는 휴양객들도 고려했을까? 했을 것 같아. 착륙선이 지구에 도착한 뒤 맨 처음에 한 일이 육지로 천천히 접근했다가 위에서 팔다리를 팔랑거리며 허우적거리는 수많은 피서객들 중 한 명을 골라 이식물을 항문에 박는 것이었으니 말이야. 왜 항문을 겨냥했는지는 모르겠어. 이식물의 최종 목적지는 당연히 뇌였고 그 정도의 정보는 트로이소행성군에서 지구 연속극을 훔쳐볼 때 다 익혔을 테니 말이야. 뭔가 이유가 있었겠지. 가장 가능성 있는 가설은 일단 어떻게든 구멍을 통해 몸 안으로 들어가긴 해야 할 텐데 그중 항문이 가장

74

보호를 덜 받고 있는 부분이었기 때문이라는 거야. 입이나 코에 뭐가 들어가면 금방 알아차리지만 항문은 시간이 조금 더 걸리잖아? 어떻게 보면 남자가 최초의 숙주가 되는 건 당연한 일이었어. 펄렁거리는 사각 수영복은 착륙선의 공격에서 완전히 무방비 상태였던 거지.

말할 필요도 없지만 그때 착륙선의 먹잇감이 된 건 바로 사장이었어. 친구도 없이 혼자 시간 죽이러 송도해수욕장에 놀러 갔다가 당한 거지. 사장은 그 뒤로 인류 최초로 외계에서 온 물체에게 강간당했다고 허풍을 떨었는데, 아주 틀린 말은 아닌 것 같아. 적어도 동의 하의 섹스는 아니었지.

사장이 패닉 상태에서 버둥거리는 동안 항문에 잠입한 이식물 캡슐은 수많은 나노봇들을 토해냈어. 그것들은 혈관을 통해 사장의 온몸에 퍼졌고 조금씩 위로 기어 올라갔지. 나노봇들이 사장의 몸을 장악했을 무렵 이식물은 척추를 타고 올라가 뇌 속으로 기어 들어갔어. 별로 즐거운 이야기는 아니다. 어쨌든 사장은 첫 접촉자였으니 온갖 테스트의 대상이 되는 건 당연했어. 첫 번째 이식물이 뇌 제어에 성공하자 착륙선이 토해낸 다른 열일곱 개의 이식물들이 사장의 몸속으로 들어갔어. 코어가 지금 가지고 있는 인간 육체에 대한 정보 중 63퍼센트가 이 과정을 통해 얻어졌어. 그동안 사장은 최면에라도 걸린 것처럼 물속에 서서 혜엄을 치고 있었어.

사장은 저녁이 되어서야 간신히 해변으로 기어 올라갔어. 조금만 더 오래 물속에 있었다면 저체온증으로 몸이 어떻게 되었을지도 모르지. 사장은 샤워도 하지 않고 기계적으로 옷을 찾아 입은 뒤 해수욕장 주변을 천천히 방황했어.

그냥 어리둥절한 상태였어. 공포는 느껴지지 않았어. 그건 이미 이식물들이 사장의 신경전달물질들을 통제하고 있었기 때문이지. 오히려 낙천적이었어. 뭔가 엄청나게 멋진 일이 일어나고 있다고 느꼈지. 그건 이식물의 생각이 아니라 사장 자신의 생각이었어. 하긴 당시 사장의 입장을 고려해 보면 뭔가 더 나쁜 일이 일어나는 것 자체가 불가능했지.

그동안 착륙선은 바닷물에서 얻은 화학물질들을 이용해 코어의 앤서블을 완벽하게 수리했어. 앤서블을 켜자마자 착륙선의 메시지는 자동적으로 네트워크에 연결되었어. 메시지는 당연히 연합의 우주탐사관리국으로 넘어갔고 그건 다시 미개문명관리국으로 넘어갔어. 그동안 부서 간의 영역 쟁탈전이 잠시 있었을 거라고 생각해. 하지만 2기 문명이 연관된 사태였으니 미개문명관리국이 유리했지. 우주선이 2기 문명을 발견하는 건 아주 드문 사건이거든.

미개문명관리국은 한 시간 동안 착륙선의 언어를 뚝딱거리며 해석한 뒤 대화를 시도했어. 착륙선은 맨 처음엔 상당히 미심쩍은 태도를 취했어. 지금까지 자길 관리했던 부서가 아니었잖아. 언어도 서툴렀고. 그래도 관리국에서 열심히 노력한 끝에 착륙선을 이해시키는 데 성공했어. 다만 착륙선은 조건을 내세웠어. 이전처럼 완벽하게 손발 노릇을 하지는 않겠다는 거지. 그쪽에서 일을 시키면 하겠다. 하지만 통제권은 나에게 줘라. 이런 식이었어. 관리국 입장에서는 반갑지 않은 요구였지만 이해하며 받아줄 수밖에 없었어. 당연하잖아. 착륙선이 새 우주연합을 믿어야 할 이유가 도대체 뭔데?

계약이 끝나자, 드디어 우주연합과 착륙선은 사장에게 말을 걸었어. 그때가 새벽 3시였는데, 사장 말에 따르면 갑자기 근처의 가로등이 말을 걸더래. 이식물이 청각 신호를 조작해서 사장의 뇌에 보내긴 했는데, 그게 뭐랄까…… 디테일이 지나치게 정확했던 거

야. 사장이 놀라서 가로등을 쳐다보는 동안 가로등은
사장에게 우주의 진리를 들려주었어. 그 이야기는 산
문적이고 따분했지만 우주의 진리인 건 사실이었어.
사장에겐 참으로 종교적인 경험이었던 거지. 가로등
이 이야기를 마치자 사장은 두 주먹을 불끈 쥐고 눈
물을 펑펑 흘리며 맹세했어. 이제부터 우주연합 미개
문명관리국의 지구 지부 대행인이 되어 남은 평생을
우주 관광 업무에 바치겠다고.

12

　오후 1시 25분, 나와 바기-지랑은 모텔에서 나왔
어. 근처 편의점에 들른 우리는 하겐다즈 아이스크림
두 개와 삼각김밥 두 개, 냉녹차로 간단히 배를 채웠
어. 물론 아이스크림은 모두 바기-지랑 것이었어.
　바기-지랑은 자기가 지금 조종하는 새 육체 때문
에 무척 흥분해 있는 것 같았어. 밖에 나오자마자 풀
밭의 메뚜기처럼 이리저리 뛰면서 즐거워했으니까.
하긴 난 지금까지 그 사람에게 단 한 번도 건강한 육
체를 준 적이 없었어. 바기-지랑이 지난 3년 동안 번

갈아 가며 썼던 두 숙주는 순전히 장이 깨끗하다는 이유 하나만으로 선정된 알코올중독자 형제였어. 당시 좀비 마스터들이 그 사람들 장을 치료하느라 들인 공을 생각하면 지금도 아찔하지. 하여간 우리가 가진 숙주들은 네 몸처럼 가드레일 기둥 위에 서서 완벽한 쿠페 자세를 취할 수는 없었을 거야.

솔직히 그 완벽한 자세는 모욕적이었어. 아무리 생각해도 내 과거를 놀려대는 것 같았거든. 마자랑인들에겐 '전문 무용수'나 '전문 성악가'라는 개념 자체가 어색해. 춤과 노래를 전문가들에게 맡기고 모든 재미를 넘겨주다니 그런 바보짓이 어디 있느냐는 거지. 맞는 말일지도 몰라. 하지만 이런 걸 전문가들에게 맡기는 문명이 지구에만 있는 건 아니지. 모두가 춤살 추고 노래 잘 부르는 마자랑인들에겐 그냥 자기네들 잘난 걸 즐기라고 말하면 그만이야.

아마 마자랑인들은 발레 때문에 나와 엄마 사이에 발생했던 알력도 이해하지 못할 거야. 나를 발레리나로 만들기 위해 엄청난 돈과 시간과 노력을 투자했던 엄마는 '그깟 무릎 좀 다쳤다고' 모든 걸 쉽게 포기해 버리고 도서관으로 도피한 나를 이해하지 못했지. 하지만 난 춤추는 것보다 춤을 보는 게 더 좋았어. 꼭 그렇게 춤의 일부가 되려고 기를 쓸 필요는 없었어.

모르는 사람들이 봤다면 우린 오래간만에 맞은 휴일을 즐기는 다소 철없는 여자들처럼 보였을 거야. 하지만 바기-지랑이 아무리 산만하게 행동한다고 해도 우리의 임무를 잊은 건 아니었어. 마자랑인들은 한 가지 일에만 집중하면 오히려 능률이 떨어지거든. 한국어로 거칠게 번역하면 '배가 가려면 강물이 필요하다'라는 마자랑인들의 말버릇이 있는데, 그건 마자랑인들의 산만한 태도에 짜증을 내는 외계인들을 설득하기 위해 만들어진 것 같아.

우리의 목적지는 부천역 지하상가였어. 전날 중동 아파트에서 난리를 쳤던 숙주를 기억해? 그 숙주가 거기에 있었어.

우리가 그 숙주를 찾아 나선 데엔 두 가지 이유가 있었어. 첫째, 숙주의 이상행동이 최근 침공과 관련되었을 가능성이 있었어. 숙주를 연구하면 구체적인 계획이 무엇인지 알 수 있을지도 모르지. 둘째, 내가 전화를 끊은 뒤로 이들과 함께 있었던 감각 노동자 커플은 연락 두절 상태였어. 연락을 보내오지 않는 사람이 그들만은 아니었지만 그래도 우린 걱정이 됐어. 특히 여자 쪽은. 그 사람은 애가 둘이나 되었거든.

우린 자전거를 타고 부천역까지 갔어. 바기-지랑이 모텔 방 안에서 상황을 검토하고 대행인들에게 현상황을 설명하는 문자메시지를 보내는 동안 난 허겁지겁 밖으로 나가 그 사람…… 네가 갈아입을 속옷과 함께 아줌마 자전거 두 대를 사 가지고 왔어. 차를 가지러 집까지 갈 수도 없었고 부천 안의 모든 대중교통수단에는 해결사들이 심어놓은 감시장치들이 붙어 있었으니 자전거는 어쩔 수 없는 대안이었어. 나쁘지 않은 대안이기도 했고. 부천은 원래 좀 어정쩡한 곳이잖아. 차를 타기엔 좁고 걷기엔 산만하고. 언덕길이 많고 비포장도로보다 못한 자전거길이 반이지만 그래도 자전거 정도면 우리에게 필요한 기동력을 충분히 확보할 수 있었어. 다행히 바기-지랑은 자전거에 능숙했는데, 지난 몇 년 동안 여러 차례 내 자전거로 연습을 마친 뒤였거든. 난 아직도 회사 건물에 묶여 있는 내 애마 재블린을 가져오고 싶었지만 안전을 확신할 수 없었어. 새로 산 싸구려 자전거들은 조금 무겁고 엉덩이가 아프긴 했지만 그럭저럭 잘 달렸고 앞에 달린 바구니에 장비들을 나누어 담을 수도 있었어.

우리가 부천역까지 전력 질주를 하는 동안 숙주는

여전히 지하상가와 근처 이마트를 방황하고 있었어. 마치 〈레밍즈〉 게임의 레밍처럼 기계적으로 움직이고 있더라. 이마트의 에스컬레이터를 타고 꼭대기까지 올라갔다가 직진해서 벽에 부딪히면 다시 에스컬레이터를 타고 지하상가까지 내려갔다가 벽에 부딪히고 또 올라가는 식이었지. 이런 식의 행동이 그렇게 낯설지는 않았어. 디폴트 모드의 숙주들은 대부분 이렇게 움직였어.

우린 자전거에서 내려 지하상가로 달려갔어. 우리가 찾고 있던 숙주는 막 에스컬레이터에서 내려 앞으로 걷는 중이었어. 수건이나 소매로 대충 닦아낸 피때문에 얼굴이 좀 지저분했지만 신경 쓰는 사람들은 별로 없었어. 우린 주변을 둘러보았어. 전날 숙주와 함께 있었던 감각 노동자 커플은 보이지 않았어. 다른 숙주들이 없다는 건 이미 확인했고.

바기-지랑이 편의점 안에 들어가 물건을 고르는 척하며 감시하는 동안 나는 천천히 숙주에게 걸어갔어. 숙주 앞에 선 나는 가볍게 휘파람을 불면서 손가락을 튕겼어. 다른 사람들에겐 굉장히 무례하게 보였겠지만 이건 숙주의 시스템을 검사하기 위한 표준절차였어.

그때까지 멍하게 허공을 향하고 있던 숙주의 시선이 나에게 고정되었어. 놀랍게도 그 얼굴엔 인간적인 감정 비슷한 게 떠 있었어. 숙주는 재갈을 문 포로처럼 눈과 표정으로 나에게 무언가를 전달하려 하는 것 같았어.

내가 그것이 무엇인지 알아차리기 전에 숙주가 먼저 행동을 개시했어. 갑자기 한 손으로 나를 뒤로 밀더니 식당가 쪽으로 달리기 시작한 거야. 그 순간 몸집이 작고 굉장히 빨리 달리는 누군가가 숙주의 앞을 가로막았어. 숙주는 중간에 멈추어 서서 비틀거렸고 그 사람은 곧 사람들 사이로 사라져 버렸어. 얼굴은 확인할 수 없었지만 해결사들 중 한 명이라는 건 분명했어.

사방에서 비명이 들렸어. 뒤로 완전히 꺾인 숙주의 머리가 부러진 목에 매달린 채 덜렁거리고 있었던 거야. 놀랍게도 숙주는 그런 상태에서도 다시 식당가 쪽으로 걸음을 옮겼지만 서너 걸음도 걷지 못한 채 쓰러지고 말았어. 나는 다가가려 했지만 나중에 달려온 바기-지랑이 나를 막았어. 죽었다는 걸 확인하기 위해 스캐너를 볼 필요는 없었어.

굉장히 많은 증인들 사이에서 벌어진 일이었기 때

문에 우린 조금 걱정했어. 그 사람들이 목격한 건 거의 초능력자처럼 잽싸게 움직이는 누군가가 외계 기술로 만들어진 충격파 총으로 한 남자를 쏴 죽이는 광경이었으니 말이야.

하지만 걱정할 필요는 조금도 없었어. 증인들은 초능력자나 첨단무기를 인정하는 대신 보다 그럴싸한 거짓말들을 만들어냈어. 신문에 난 기사를 보니 불량소년 세 명이 지나가던 노인네에게 담뱃불을 빌려달라며 시비를 걸다가 결국 때려죽인 것으로 되어 있더라. 세 명이라는 숫자나 담뱃불이라는 설정이 어디에서 왔는지는 나도 몰라. 내가 글을 쓰고 있는 지금 이 시간에도 경찰은 그 불량소년들을 찾고 있어. 난 가끔 그 애들이 정말 잡힐지도 모른다고 생각해.

사람들이 죽은 숙주에게 몰려드는 동안 갑자기 누군가가 나의 팔을 잡아끌었어. 우리가 찾고 있던 감각 노동자들 중 한 명이었어. 눈물로 얼룩진 여자의 얼굴은 겁에 잔뜩 질려 있었지만 숙주가 되었거나 정신이 나간 것 같지는 않았어.

바기-지랑이 우리에게 다가오자 여자는 낯선 얼굴에 경계의 시선을 보냈어. 내가 같은 편이라고 안심시키자 여자는 발끝을 들고 내 귀에 입을 갖다 대더니 울먹이는 어조로 속삭였어.

"남편이 죽었어요."

13

슬슬 우리가 막 구출한 감각 노동자를 소개할 때가
된 것 같아. 일단 그 사람을 오안이라고 부르겠어. 나
와 사장은 오안에게 어느 정도 특별한 관심을 가지고
있었는데, 그건 그 사람이 우리의 갈라테이아나 다름
없는 존재였기 때문이지.

오안의 이야기는 사실 그렇게 흥미롭거나 독특하
지는 않아. 적어도 전반부는. 가끔 신문에도 나는 국
제결혼 피해자들 중 한 명이었어. 열아홉 살이었던
1999년에 가난을 피해 베트남에서 우리나라로 시집
을 왔는데, 남편과 시어머니가 엄청나게 재수 없는
인간들이었다는 거지. 그 사람들은 오안이 달아날까
봐 한국어도 가르쳐주지 않았고 툭하면 구타했어. 거
의 강간당하다시피 해서 낳은 쌍둥이 남매에겐 젖 주
고 뒤치다꺼리나 해주는 유모에 불과했고. 마을 사람
들은 그 집안에서 무슨 일이 벌어지는지 뻔히 알고

있었고 가끔 끼리끼리 모여 모자 욕을 하긴 했지만 정작 참견하거나 항의하는 이는 한 명도 없었어.

이 이야기에서 재미있는 건 이 사람이 가만히 맞고만 있지는 않았다는 거야. 그렇다고 소극적으로 저항만 한 것도 아니었고. 2001년 4월 1일 오후 11시 20분경, 오안은 반격했어. 남편이 술에 취해 비틀거리며 들어오는 걸 집 근처에서 기다리고 있다가 야구방망이를 휘둘러 머리를 반쯤 깨부순 거지.

굉장히 무식하고 야만적으로 들리지? 그럴지도 모르지. 하지만 그만큼이나 효율적인 계획이었어. 일단 주변엔 목격자가 한 명도 없었어. 있을 만한 곳도 아니었고. 흉기로 사용된 야구방망이는 근처에 사는 아이들이 잃어버린 것이었고 지문도 남아 있지 않았어. 그리고 이런 식의 폭력을 여자와 연결시키기란 쉽지 않잖아? 그 마을엔 오안의 남편을 야구방망이로 때려죽이고 싶어 하는 사람들이 얼마든지 있었어. 실제로 경찰은 수사 초기에 오안을 용의선상에서 완전히 제외시켜 놓고 있었어.

하지만 오안은 두 가지 실수를 저질렀어. 첫째로 남편을 완전히 죽이지 못했어. 뇌사상태에 빠트렸으니 폭력 성향이나 경험이 거의 없는 젊은 여자가 한 일이라는 걸 고려한다면 나쁘지 않은 성적이었지만 그래도 완전히 끝장낸 건 아니었지. 둘째로 오안은 시어머니라는 변수를 잊고 있었어. 시어머니는 처음부터 오안을 의심했어. 여자의 직감 따위 때문은 아니었어. 집안에 일어나는 모든 나쁜 일들은 당연히 며느리 책임이라는 기계적인 논리 때문이었지. 시어머니가 너무나 집요하게 며느리를 물고 늘어지는 바람에 경찰은 어쩔 수 없이 오안을 용의선상에 놓을 수밖에 없었어. 그러는 동안 오안을 소극적으로 동정하던 마을 사람들의 태도는 바뀌기 시작했어. 서서히 그 집 며느리가 베트남인 불법노동자와 바람피우다 남편에게 들통이 나서 일이 커진 거라는 소문이 돌기 시작했어. 베트남 불법노동자들을 구경도 못 해본 사람들이 그런 이야기를 만들어낸 거야.

사장과 내가 이 사건을 접한 건 오안에 대한 혐의점이 점점 강해지던 4월 4일이었어. 우린 당연히 오안이 저지른 짓이라고 믿었어. 오안의 시어머니와는 조금 다른 논리였지. 말도 제대로 안 통하는 나라에서 폭력 남편과 시어머니에게 시달리던 여자가 반격에 나섰다는 시나리오가 맘에 들었어. 이 여자는 쩨쩨하게 정당방위를 한 게 아니라 당당하게 선제공격을 한 거야. 근사하지 않아?

진상이 무엇이든, 사장은 오안을 돕기로 결정했어. 반은 동정 때문이기도 했고 반은 이 드라마에 그럴싸한 반전을 안겨줄 수 있는 아이디어가 떠올랐기 때문이었지.

그날 밤, 우린 사건이 일어난 경상북도 예천으로 잠입해서 오안의 남편이 죽어가는 병실에 몰래 들어가 왼쪽 눈에 이식물을 풀어놓고 달아났어. 그 잠입과 탈출 과정을 그대로 묘사한다면 괜찮은 〈미션 임파서블〉 에피소드 하나가 나왔겠지만 그 이야기를 지금 할 필요는 없겠지.

이식물이 뇌를 뜯어고치자마자 오안의 남편은 깨어났어. 물론 정말로 깨어난 건 아니었어. 당시 남편의 자아는 오래전에 사라지고 없었어. 얼마 남아 있었던 것들도 이식물의 재구성 과정 중 완벽하게 제거되었고. 남편이 살아 있는 사람처럼 움직이고 말을 하기 시작한 건 순전히 근처 여관방에서 우리가 그 남자를 인형처럼 조종하고 있었기 때문이었어. 우리에겐 우주연합의 외계인들이 가지고 노는 최첨단 조종장치는 없었어. 우리 것은 코어가 뱉어낸 중성미자 송수신기와 컴퓨터를 추가한 플레이스테이션이었어.

그래도 그 정도면 남편의 입을 놀리는 데엔 별문제가 없었어. 오안의 혐의는 벗겨졌고 경찰은 남편이 봤다는 뚱뚱한 중년 남자를 찾으러 나섰어. 그 뒤로 마을에 사는 아저씨들 몇 명이 순전히 과체중이라는 이유 하나만으로 곤욕을 치렀다고 들었어. 그렇다고 정말로 체포된 사람은 없었다지만.

물론 우린 이대로 떠날 수 없었어. 남편은 우리가 조종하지 않으면 시체나 다름없었고 병원 벤치에 나란히 앉아 서로를 노려보기만 하는 오안과 시어머니의 갈등도 해결해야 했지.

우린 오안의 혐의가 풀린 다음 날 오안을 방문했어. 마자랑에 있는 내 컴퓨터의 도움으로 허겁지겁 베트남어를 익힌 우리는 그 사람에게 모든 진상을 알려줬어. 믿었냐고? 물론 처음엔 안 믿었지. 하지만 사장이 플레이스테이션으로 남편을 조종하는 걸 직접 보여주자 믿지 않을 수 없었지. 안 믿어도 상관없었어. 이제 그 사람은 운이 풀린 거였으니까.

우린 오안에게 두 가지 일을 제안했어. 하나는 좀비 마스터였고 다른 하나는 감각 노동자였지. 오안은 후자를 택했어. 이해할 만했고 반갑기도 했어. 좋은 감각 노동자를 구하는 건 결코 쉬운 일이 아니었거든. 우리가 필요한 건 괜히 헤프게 몸을 굴리는 부류가 아니라 자신과 파트너의 육체와 정신을 배려하고 존중할 줄 아는 프로 정신으로 무장한 전문가였어. 오안에겐 그럴 가능성이 보였어.

우린 오안의 남편이 퇴원하자마자 당장 행동을 시작했어. 우리의 조종을 받은 남편은 집과 땅을 팔았고 어머니를 양로원에 보냈어. 우린 남편을 다른 숙주들이 모여 사는 아파트 중 하나에 보냈고 남편의 돈으로 작은 아파트를 사서 오안과 아이들에게 주었어.

그 뒤로는 집중적으로 오안을 교육했어. 성형수술을 시켜주었고, 헬스클럽에 등록시켰으며 마자랑의 교육 컴퓨터로 한국어와 영어, 몇몇 우주 표준어, 기타 교양을 가르쳤어. 기초교육이 끝나자 우린 지도강사 겸 파트너로 최익환이라는 남자 한 명을 붙여주었는데, 그 남자가 바로 오안이 '남편'이라고 불렀던 사람이야. 그들은 법적으로 부부가 아니었지만 오안이 "남편이 죽었어요."라고 말했을 때 나는 그 남편이 누구인지 전혀 의심하지 않았어.

시어머니는 어떻게 되었느냐고? 2004년 겨울에 양로원 구석에서 아들과 며느리에 대한 욕을 허공에 퍼

부으며 죽었대. 아들의 행복과 남편 성씨 보존의 사명을 위해 몸과 마음을 바치다 영문도 모른 채 배반당하고 외롭게 죽은 그 여자에 대해 사장이 어떤 죄의식을 느끼긴 했을까? 아마 관심도 없었을 거야.

14

여기서부터 나는 오안의 입장에서 당시 일어났던 일을 이야기하려고 해. 이 이야기엔 우리가 자전거를 끌고 모텔로 돌아오는 동안 오안이 우리에게 들려주었던 이야기와 나중에 그 사람이 직접 작성한 보고서의 내용이 반반씩 섞여 있어. 가끔 서로 모순되는 부분들도 있긴 한데, 그것들은 대충 넘기겠어. 당시 상황을 고려해 보면 그런 차이점들이 존재하는 건 당연하고 뇌 검색으로 사실을 확인해야 할 만큼 중요한 것도 아니거든.

이야기는 10일 오후 1시부터 시작돼. 그날 오안은 토요일 오후에도 문을 여는 어린이방에 쌍둥이를 맡겨놓고 고객을 기다리고 있었어. 일반적인 고객이라면 아이들을 다른 데 맡길 필요는 없었어. 오안과 파트너인 최익환이 일하는 시간은 주로 밤이었고 제삼자가 개입되는 일도 별로 없었거든. 둘은 오래전부터 동거 중이었고 아이들은 벌써 최익환을 아빠로 인정하고 있었어.

사실 오안은 숙주가 자기들 일에 개입하는 걸 별로 맘에 들어 하지 않았어. 진짜로 열을 올린 건 파트너 쪽이었지. 그렇다고 최익환이 3인 섹스 자체에 열광했다는 건 아니야. 그 사람의 흥미를 끌었던 건 그 기술적인 문제점들이었어. 그날 고객은 단순한 3인 섹스를 원한 게 아니었어. 세 개의 몸에 동시에 들어가 세 사람의 육체가 느끼는 감각을 한꺼번에 체험하고 싶어 했지. 한 사람의 몸에 들어간 고객 한 명을 만족시키는 건 쉬워. 두 사람의 몸에 들어간 한 고객을 만족시키는 건 조금 어렵지만 그래도 오안과 최익환은 오랜 경험을 통해 테크닉을 익혀왔어. 하지만 세 사람의 몸에 한 고객이 들어간다면 그건 엄청난 도전인 거야. 게다가 그 제삼자가 감각 노동의 경험이 전혀 없는 숙주라면 말이야.

오안의 파트너는 그런 사람이었어. 최익환에게 섹스는 단순한 쾌락 추구가 아니라 감각으로 구성된 예술이었어. 감각 노동자가 되기 전부터 섹스의 모든 가능성을 탐사하고 싶어 했던 사람이었지. 이성애자였지만 여러 온라인 게이 커뮤니티의 멤버이기도 했는데, 기왕 탐구를 시작했다면 끝까지 가봐야 한다는 생각에서였어. 사장과도 그런 커뮤니티에서 만났고 사장이 감각 노동자를 찾을 때 그 사람을 맨 처음 찾아간 것도 그 때문이었어.

사정이 그랬으니 오안이 쉽게 거절하지 못한 것도 이해가 가지. 그러기엔 파트너가 너무나 열을 올리고 있었으니까. 오안이 수동적으로 따라가는 동안 최익환은 안무를 짜고 예행연습을 하고 사장이 선물로 준 애널 자위용 딜도를 꺼내 꼼꼼하게 닦았어.

숙주는 정각 1시에 찾아왔어. 숙주의 몸을 빌린 둡행성의 고객은 명쾌한 제2표준어로 두 사람에게 인사를 하고 둘에 대한 칭찬을 늘어놓았어. 그리고 그들은 거실에서 한 30분 정도 잡담을 나누었는데, 숙주가 미리 복용한 시알리스의 약효가 돌 때까지 기다려야 했기 때문이었어.

난 오안에게 그들이 해주었던 서비스가 어떤 종류의 것이었는지 물어보지 않았어. 예의 때문이 아니라 그런 걸 물어볼 시간이 없었기 때문이었어. 감각 노동자들의 작업을 제대로 설명하기란 결코 쉬운 일이 아니야. 라반무보법에 익숙한 전문 포르노 작가 정도는 되어야 가능한 일이지. 하여간 오안과 최익환은 자기네들의 서비스에 꽤 만족한 편이었고 고객 역시 그렇게 생각하는 것 같더래. 모든 서비스가 끝난 뒤, 세 사람은 다시 거실로 나와 그 경험에 대해 제2표준어로 토론했는데, 십중팔구 에로틱한 느낌이 거의 완벽하게 제거된, 학술적이며 건조하고 그 때문에 무지 유치한 대화였을 거야.

사고는 2시가 좀 넘었을 때 일어났어. 감정의 방정식에 대한 둡 행성 출신 시인의 말을 멋들어지게 인용하던 고객이 갑자기 벌떡 일어나 온몸을 비틀어댔던 거야. 숙주가 프랑켄슈타인의 괴물처럼 비틀거리며 거실 안을 뱅뱅 도는 동안 고객은 뒤틀린 혀로 간단한 작별 인사를 하고 접속을 끊었어.

접속이 끊기자 숙주는 갑자기 난동을 부리기 시작했어. 팔을 마구 위협적으로 휘둘러대면서 욕 비슷한 걸 읊더래. 오안의 표현에 따르면, 마치 숙주의 몸속에 들어 있는 무언가가 필사적으로 디폴트 모드와 전쟁을 벌이는 것 같았대. 조금만 더 기다리다가는 무슨 일이 일어날지 모른다고 생각한 두 사람은 숙주를 화장실에 가두고 나에게 연락을 했어.

내가 사무실로 가 그그그카탕모그무에서 온 사기꾼들과 목숨을 건 사투를 벌이는 동안 숙주는 조금씩 얌전해졌어. 맨 처음엔 잔뜩 겁에 질려 있던 오안은 슬슬 사정을 이해할 수 있을 것 같았어. 디폴트 모드와 전쟁을 벌이고 있던 누군가는 외계에서 온 스파이 같은 게 아니라 숙주 자신이었던 거야. 이번에 사용된 숙주는 오안의 남편과는 달리 뇌사자가 아니었어. 알코올중독으로 전두엽이 엄청나게 망가져 정상적인 활동이 불가능하긴 했지만 의식 자체는 남아 있었지. 그동안 꿈꾸는 것 같은 상태에서 육체에 끌려다니던 의식이 알 수 없는 이유로 발생한 오작동 때문에 깨어났을 뿐만 아니라 이식물이 두뇌에 깔아놓은 네트워크를 이용해 흐릿한 사고까지 할 수 있게 된 거야. 그 사고가 어떤 방식으로 흐를지는 알 수 없었어. 그때 숙주의 두뇌는 결코 지구인의 것이라고 할 수는 없었거든.

오안이 숙주와 의사소통을 시도하려고 할 때, 최익환이 나에게 전화를 했어. 기억하겠지만 난 그때 당장 달아나라고 명령하고 전화를 끊어버렸지. 유감스럽게도 오안의 입장은 내가 당시 생각했던 것보다 복잡했어. 그 사람에겐 아이가 둘이나 있었잖아. 어떻게 해? 무슨 일이 일어나고 있는지도 모르는데 아이들을 두고 달아나? 그럴 수는 없지. 그럼 데리고 달아나? 그러다 같이 변을 당하면 어떻게 하고? 그렇다고 맡길 친구가 있느냐, 그런 것도 아니었거든. 오안이 알고 지내는 사람들은 모두 여행사 관련인들뿐이었단 말이야. 만날 수도 없고 만나서도 안 되는 사람들이었지. 당시 그 사람 머리가 얼마나 아팠을지 이해가 돼. 뭔가 하긴 해야 하는데 상황을 판단할 데이터가 충분치 못한 상황은 나도 거쳤으니까.

두 사람이 택한 방법은 느슨하게 뭉치는 것이었어. 오안은 숙주를 맡고 최익환은 오안의 아이들을 맡아. 그리고 될 수 있는 한 사람들이 많은 공공장소로 가되, 서로 시선이 닿는 범위 안에서 떨어져 있는 거야.

아이들을 어린이방에서 데려온 두 사람은 한 시간 단위로 주변의 모든 백화점과 할인 매장들을 거치면서 저녁까지 버텼어. 아파트에서 나올 때부터 잠잠해진 숙주는 별다른 저항 없이 오안의 명령을 따랐고. 하지만 이전처럼 기계적으로 따르는 건 아니었대. 확신할 수는 없지만 일종의 자발성이 느껴졌대. 가끔 뭔가 말을 하려고 입을 벌렸고 단어 비슷한 걸 내뱉을 때도 있었지만 분명한 단어를 말하거나 문장을 만들지는 못했대.

저녁이 되자, 두 사람은 더 이상 이러고만 있을 수는 없다고 생각했어. 어른들만 있다면 계속 이렇게 돌아다녀도 상관없었지만 지친 아이들까지 그럴 수는 없잖아. 오안은 부천을 뜨자고 제안했어. 부산이나 광주처럼 시스템에서 비교적 멀리 떨어져 있는 곳으로 피한 뒤 다음 지시가 떨어질 때까지 기다리자는 거지. 최익환은 반대했어. 무슨 일이 일어나고 있는지 알기 전에 부천을 벗어나는 건 더 위험하다는 이유였어.

타협안이 만들어졌어. 일단 송내역까지 간다. 숙주에게 간단한 명령을 주입해 사무실로 보낸다. 그 정보를 바탕으로 부천에 남을 것인지, 아니면 부산으로 달아날지 결정한다. 숙주의 상태가 다소 불안하긴 했지만 그 정도면 이치에 닿는 계획 같았어.

그들은 걸어서 송내역까지 갔어. 역 근처 롯데리아에 아이들을 내려놓은 오안과 파트너는 사무실에 들어가 사람들이 있다면 그들의 명령을 받고 없다면 아래층으로 내려가 여행사 사무실 사람들로부터 위층 사무실 사람들이 어떻게 되었는지 물어보라고 숙주에게 명령했어. 숙주는 한참 생각하더니 고개를 끄덕이고 건물 안으로 들어갔어.

20분 뒤, 숙주가 건물에서 나왔어. 손에는 종이 비슷한 것을 들고 있었고. 최익환은 숙주한테서 그 쪽지를 받으려고 걸어 나왔어.

그때 해결사 한 명이 튀어나왔어. 숙주를 따라온 게 아니라 송내역 계단 위에 사람들과 섞여 있다가 최익환이 시야에 들어오자 튀어나온 거야. 컴컴한 밤인데도 여전히 자외선 차단 모자를 눌러쓴 해결사는 미끄러지듯 계단에서 내려오더니 들고 있던 주사기를 꺼내 다짜고짜 최익환의 왼쪽 눈을 공격했어. 주삿바늘은 정확히 동공 중앙을 찔렀고 최익환은 신음도 지르지 못하고 쓰러져 죽었어. 역 주변의 사람들은 무슨 일이 일어나고 있는지도 몰랐던 것 같아. 아마 술을 지나치게 마신 주정뱅이라고 생각했겠지.

그 순간, 오안은 전철로 부천을 뜨는 건 현명한 생각이 아니라는 걸 깨달았어. 택시나 버스도 마찬가지였고. 무슨 일이 일어나고 있는지는 알 수 없지만 해결사들이 전면에 등장했고 그들이 회사 사람들을 사냥하고 있다는 게 분명했으니까. 이들이 도주 가능한 모든 퇴로를 막고 있을 거라는 건 의심할 여지가 없었어. 어딘가 구멍이 있다고 해도 그걸 알아낼 수 있는 방법 역시 없었지.

슬슬 다른 해결사들이 눈에 들어오기 시작했어. 오안은 해결사들과 만난 적이 별로 없었지만 해결사들의 분위기가 어떤지, 어떻게 움직이는지 정도는 알고 있었어. 송내역 앞만 해도 해결사가 세 명이나 군중 속에 섞여 있었어.

최익환을 죽인 해결사는 시체를 계단 구석에 밀어다 놓고 수색을 시작했어. 역 앞에 등대처럼 서서 360도 회전을 하며 주변을 스캔한 거지. 순식간에 아이들이 발견되었어. 해결사는 콜라 두 잔을 시켜놓고 꼬박꼬박 졸고 있는 쌍둥이 남매의 테이블에 앉아 주변을 둘러보았어. 숨어 있는 오안이 발견되지 않자, 또 한 명의 해결사가 롯데리아 매장으로 들어왔어. 둘은 다시 한번 스캔을 해보더니 아이들을 한 명씩 안아 들고 밖으로 나갔어. 오안은 구석에 숨어 콤팩트 거울로 아이들이 납치당하는 걸 훔쳐보고 있어야만 했어.

다행히 오안은 아이들이 어디에 있는지는 알 수 있었어. 아이들을 안은 해결사들이 곧장 사무실 건물로 들어갔거든. 해결사들은 오안이 주변 어딘가에 있다는 걸 알고 있었어. 아이들을 납치한 건 순전히 오안의 탈출을 막기 위한 수단이었을까? 아니면 오안에게 거래할 무언가가 있었던 걸까? 아니면 아이들 주변을 얼쩡거리는 걸 보고 있다가 그냥 살해할 생각이었던 걸까? 오안으로서는 알 수 없었어.

오안은 그날 밤을 걸어다니며 보냈어. 중동역까지 갔다가 부천대학을 가로질러 다시 시청으로 갔다가, 중앙공원 벤치에 앉아 졸다가, 다시 송내역으로 돌아와 아직도 불이 켜진 4층 사무실을 훔쳐보는 식이었지.

오전 9시쯤, 오안은 누군가가 뒤에서 자길 따라오고 있다는 걸 알았어. 숙주였어. 송내역 앞에 버려두었던 숙주가 언젠가부터 오안을 발견하고 따라오기 시작한 거야. 숙주가 자길 발견할 정도라면 해결사들도 뒤를 따르고 있었던 걸까? 아니면 아이들을 인질로 잡고 있으니 신경 쓰지 않아도 된다고 생각하고 오안을 그냥 방치하고 있었던 걸까? 역시 알 수 없는 일이었지.

오안은 숙주를 따돌리려 했지만 쉽지 않았어. 일단 날을 꼬박 새워 지칠 대로 지친 상태였고 숙주도 나름대로 필사적이었기 때문이지. 숙주는 미행하는 게 아니라 그냥 일정한 거리를 두고 따라오고 있었어.

오안은 어차피 해결사들이나 숙주와 마주칠 거라면 번잡한 곳으로 가는 게 최선이라는 판단을 내렸어. 그래서 간 게 부천역 이마트였어. 이치에 맞는 생각이었을까? 당연히 그렇지는 않았지. 전철역과 연결되어 있는 곳이었으니 퇴로를 막기 위해 파견된 해결사들이 있을 게 뻔했어. 하지만 반쯤 탈진한 오안은 머리가 잘 돌아가지 않았어. 오안은 그냥 이마트로 들어갔어. 숙주 역시 따라 들어갔고.

이마트의 안정된 조명 밑에서 오안은 숙주의 상태를 확인할 수 있었어. 아파트에서 탈출할 때만 해도 숙주는 디폴트 모드와 맹렬한 싸움을 벌이고 있었어. 하지만 지금 숙주는 디폴트 모드에 반쯤 복종하고 있었어. 거의 디폴트 모드가 정해준 대로 움직이다가 갑자기 잠에서 깨어난 듯 움찔하고 다시 서서히 디폴트 모드로 빠지는 식이었지. 이마트 안을 오가는 동안 디폴트 모드는 점점 숙주의 원래 의식을 장악해 가고 있었어.

그걸 고려해 보면, 그 뒤에 숙주가 보여준 행동은 상당히 놀라워. 부천역의 해결사가 노린 건 숙주가 아니었어. 진짜 표적은 달려드는 해결사를 바라보며 공포로 얼어붙어 있던 오안이었어. 숙주는 해결사가 충격파 총으로 오안의 얼굴을 쏘기 바로 직전에 그들 사이에 뛰어든 거야.

도대체 왜 그런 짓을 했을까? 그건 자발적인 행동이었을까? 아니면 아직도 숙주 머릿속에 남아 있는 보호 프로그램에 따른 것이었을까? 자발적이었다면 오안을 구하려 했던 것일까? 아니면 그건 일종의 자살이었을까? 내가 그걸 어떻게 알겠어?

15

"애들을 구해야 해요."

"미쳤어요?"

"그럼 걔들을 그냥 죽게 내버려둘 거예요?"

"해결사들이 왜 아이들을 죽이겠어요? 미끼인데."

"지금 해결사들이 무얼 노리고 있는지 우리가 어떻게 알아요? 그 애들이 미끼인지는 어떻게 알고?"

"그 사람들이 무얼 노리고 있든 아이들이 목표는 아닐걸요."

"그렇다면 어쩔 건데요? 그냥 이렇게 기다리고만 있어요?"

말하는 건 쉽지, 난 생각했어. 아마 당신에겐 행동하기도 쉽겠지. 위험을 무릅쓰고 적진에 뛰어드는 건 7억 광년 저편 자기 집에 편안하게 앉아 있는 당신의 육체가 아니라 숙주니까.

하지만 난 결국 굴복하고 말았어. 무슨 일이 일어날지 몰라 궁금해하며 피를 말리는 것보다는 행동하는 게 나았어. 네 살짜리 아이들이 미끼가 되어 감금당해 있는 것도 차마 지켜보고만 있을 수는 없는 일이었고. 게다가 해결사들이 사무실에 몰려와 있다면 사무실에 사건에 대한 어떤 단서가 있을지도 모르지. 적어도 무의미한 행동은 아니었어.

바기-지랑이 거의 기절한 것처럼 침대 위에 쓰러져 잠들어 있는 오안에게 이불을 덮어주는 동안 나는 그 사람이 상표까지 꼼꼼하게 작성해 준 쇼핑 목록을 들고 모텔에서 나왔어. 그 뒤 한 시간 반 동안 자전거를 타고 중동 시내를 돌아다니며 물건들을 사 모았어. 미니 랜턴 세 개, 범용 리모컨 한 개, 건전지 열두 개, 셀로판지 세트, MP3 플레이어 세 개, 순간접착제 두 통, PVC 파이프 한 개, 레이저 포인터 다섯 개, 여분의 전선, 공구 세트, 덕테이프 한 개 그리고 지구 방위대 광선총 두 개.

내가 물건들을 사서 돌아오자, 바기-지랑은 능숙하게 그것들을 분해해 재조립하기 시작했어. 순식간에 내가 사무실에서 가지고 온 손전등 무기의 복제판이 세 개 완성되었고 나머지 부속품들은 두 개의 지구 방위대 광선총 안으로 들어갔어. 보고 있노라니 소름이 끼쳤어. 바기-지랑의 임기응변이 놀라웠던 건 아니야. 그건 임기응변이 아니었어. 관리국에선 이미 내가 보낸 정보를 통해 광선총의 원리를 알아냈을 테니 말이야. 내가 정말로 무서웠던 건 MP3 플레이어 같은 평범한 물건의 부속품과 1.5볼트짜리 건전지 몇 개가 내는 에너지의 결합만으로 사람 하나는 거뜬히 죽이는 힘을 가진 물건을 만들 수 있다는 거였어. 어떻게 그게 가능한지 난 아직도 모르겠어. 그쪽 과학 기술이 우리보다 몇백 배 더 발전했다는 걸 인정해도 여전히 이해가 안 돼. 이건 대장간에서 망치질로 라디오를 만드는 것과 마찬가지잖아.

"충격파 총이에요."

바기-지랑은 손전등 총 하나를 나에게 넘겨주며 말했어.

"오리지널보다는 단순해요. 그냥 충격파 총 기능만 있지요. 그래도 이게 더 안전할 거예요. 수명도 길고.

오리지널은 다섯 번밖에 쓸 수 없더군요. 우리 것은 스물네 번 이상 사용이 가능해요. 그냥 손전등처럼 사용하면 돼요. 끝을 돌려서 출력을 조절하면 되고요. 아시겠지만 반동은 걱정할 필요 없어요. 최우선 지침에 따라 그 이유는 설명해 줄 수 없군요."

다음에 바기-지랑은 지구 방위대 광선총을 집어들었어.

"이건 해결사들의 숙주 제압용 무기를 흉내 낸 거예요. 그 무기의 정확한 구조는 우리도 몰라요. 하지만 우리 식으로 한번 만들어봤지요. 이것도 그냥 총처럼 쏘면 돼요. 명중하면 잠시 동안이지만 뇌 속의 중성미자 송수신기를 끌 수 있어요. 일종의 리모컨이라고 생각하면 돼요. 해결사들에겐 소용없는 무기지만 언젠가는 필요하겠지요. 누가 음모를 꾸미고 있건 해결사들은 도구에 불과하니까요."

"그 그그그카탕모그무인들에 대해서는 알아봤어요?"

"브리-타림이 알아봤어요. 처음엔 서류에 아무런 문제가 없다고 하더군요. 하지만 다음에 연락이 왔는데, 그 완벽한 서류가 누군가에 의해 완벽하게 조작된 것 같다고 하더군요. 알고 봤더니 엥브브브브스쿠

아탈이라는 담당자 자체가 없다나."

"그 주장은 믿을 만해요?"

"의심하기 시작하면 끝도 없고 한도 없지요. 우주연합이라는 게 정보로만 구성된 세계잖아요. 앤서블이 우리에게 주는 정보들이 사실인지 어떻게 알아요? 제가 존재를 확신할 수 있는 유일한 문명은 마자랑뿐이에요. 과연 지구는 존재하나요? 저한테 그걸 어떻게 증명하겠어요?"

"그렇다면……. 그러니까……."

"네, 그게 브리-타림의 생각이지요. 그그그카탕모그무라는 행성 자체가 존재하지 않을 수도 있다는 것. 그그그카탕모그무야 조작하기 쉬운 행성이지요. 언어도 몇 개 안 되고 문화도 굉장히 무개성적인 곳이니까요. 오래 끌면 관리하기 어렵긴 하겠지만 발견된 지 몇 사이클 되지 않았잖아요. 근데 둘이 전에 사귀었나요?"

머리가 아찔하더라. 그때서야 나는 바기-지랑이 너의 모습을 하고 너의 목소리로 이야기하고 있다는 사실을 깨달았어. 그리고 그 사람이 말하는 둘이 '너와 나'라는 것도.

내가 대답하지 않자 바기-지랑은 계속 말을 이

106

었어.

"내 숙주의 뇌 속에서 지금 깜빡거리는 것들은 모두 당신 기억이에요. 10여 년 전에 헤어진 뒤로 처음 만난 거군요? 그저께 아이스크림 가게에서 당신을 봤는데 당신은 알아차리지도 못했고요. 머뭇거리다가 인사하려고 뛰어나갔지만 당신은 이미 사라지고 없었어요. 그런데 운 좋게도 아이스크림 가게 아줌마가 당신 얼굴을 기억하고 있었어요. 맨날 이상한 아저씨들을 가게에 끌고 오고 칠칠치 못하게 명함을 흘리고 다니니 당연하지. 한참 고민하던 이 사람은 마음을 굳게 먹고 어제 명함 주소로 찾아온 거였고요. 와, 둘 사이가 굉장했나 보네요. 어렸을 때 당신 모습이 모두 후광이라도 두른 것처럼 빛나요."

"그 정도까지는 아니었어요."

나는 간신히 대답했어.

내가 무슨 말을 더 할 수 있었겠어? 우리 이야기를 사실만 열거한다면 비올레트 르딕 소설 줄거리 비슷하게 들린다는 건 나도 알아. 하지만 정말로 그랬던 건 아니었잖아.

안 그래?

16

"얘기해 봐요."

"도대체 지금 왜요? 아까는 애들을 구해야 한다면
서요!"

"어차피 건물에서 다른 사람들이 나올 때까지 기
다려야 해요. 스캐너에 따르면 지금 아이들은 둘 다
무사하고요. 조금이라도 이상한 낌새가 보이면 신호
가 울릴 거예요. 한동안은 해결사들 눈을 피해 이 근
처를 돌아다니며 건물을 감시하는 것밖엔 할 일이 없
어요. 그쪽도 그동안 그 게임 속 강아지들에게 먹이
주는 것 외엔 할 일이 없잖아요. 둘이 어떻게 만났어
요?"

"혹시 〈Once and Again〉이라는 미국 텔레비전 시리
즈 봤어요?"

"제목만 들었어요."

"그 시리즈에 제시라는 섬세하고 내성적인 여자애
가 나와요. 3시즌에서 그 애는 운동선수인 남자애를
하나 사귀는데, 그 남자애에겐 케이티라는 친구가 있
었죠. 에피소드가 진행될수록 제시는 따분하고 교양
머리 없는 남자 친구보다 빌리 홀리데이의 팬이고 예

측 불허의 매력을 가진 케이티에게 점점 끌리게 되지요. 그러다가 어느 순간부터 케이티가 동성애자라는 소문이 들려오기 시작한 거예요. 겁이 난 제시는 처음엔 케이티를 멀리하고 다음엔 케이티를 친구로만 사귀려고 결심하지만 그러기엔 케이티에 대한 감정이 너무 강했죠. 결국 두 사람은 서로의 품에 몸을 맡기고 세상에서 가장 예쁜 키스를 해요."

"그게 당신들 얘기예요?"

"아뇨, 우린 정반대였어요! 달라도 그렇게 다를 수가 없었어요. 우린 엄마 때문에 만났어요. 웃기지만 운명적이라고 치장할 수 있는 부분은 그것밖에 없었어요. 엄마랑 나는 그때 세종문화회관 앞에서 아빠를 기다리고 있었는데, 공연 30분 전에 아빠에게 전화를 걸어보니 공연 시간에 못 맞출 것 같다고 하더라고요. 지루한 공연에서 벗어나려고 거짓말을 했을 가능성이 농후했지만, 중요한 건 그게 아니라 엄청 비싸게 산 공연 티켓이 날아갈 판이었다는 거죠.

그때 엄마 눈에 그 애가 들어온 거예요. 그 아이는 가방을 짊어지고 매표소 옆에 서서 그 앞에 늘어진 줄을 거의 굶주린 늑대처럼 바라보고 있었어요. 엄마는 성큼성큼 그 애에게 걸어가 물었어요. '혹시 공연

보고 싶어요?'

그때 그 애를 봤어야 해요. 자존심과 탐욕 사이를 오락가락하며 그 자리에서 몸을 벌벌 떨고 있었지요. 결국 걘 엄마한테서 표를 받았어요. 그리고 그건 바로 제 옆자리였지요. 당연한 일이었지만.

그 공연이 뭐였는지는 잘 기억나지 않아요. 발레였던 건 분명해요. 〈지젤〉이나 〈백조의 호수〉처럼 비교적 뻔한 레퍼토리였고요. 기억나는 건 거의 강직증에 빠진 것처럼 뻣뻣한 자세로 무대를 노려보는 그 아이의 모습이었어요.

공연이 끝난 뒤 엄마는 그 아이와 저를 작은 찻집에 데려갔어요. 엄마는 그 애가 맘에 들었죠. 통하는 구석이 하나 있었거든요. 둘 다 '교양'에 집착한다는 것. 경제적 수준에 맞는 고상한 생활을 원하는 스노브였던 엄마와는 달리, 그 아이는 정말로 굶주려 있었지만요. 그날 밤 엄마는 그 애의 주소를 받았고 그 뒤로 몇 차례 적당한 공연에 데려갔어요. 그러는 동안 우린 친구가 되었고요. 엄마가 소개한 것이나 다름없었으니 처음엔 굉장히 쑥스러운 사이였지만 예상외로 공통된 관심사가 많았고, 사는 곳은 달랐지만 학교가 근처에 있었거든요."

"그 정도면 나쁘지 않은데요? 운명의 만남도 있겠다, 느낌도 괜찮았겠다, 드라마를 만들 만한 계급 차이도 있겠다……."

"엄마가 소개해 준 게 로맨틱해요?"

"그래도 그 정도면 싸구려 연속극 도입부로 쓸 수 있을 정도는 되지 않아요?"

"그럼 그렇다고 치죠. 그래도 그럴싸한 부분은 도입부밖에 없어요. 우린 제시나 케이티처럼 솔직한 연애를 할 만한 애들이 아니었어요. 그러기엔 둘 다 성격이 메말랐죠. 네, 우리가 갈 데까지 간 건 사실이에요. 하지만 절대로 제시나 케이티 같지는 않았어요. 우리에게 그건 일종의 실험이었던 것 같아요. 당시엔 아마존으로 외국 영화 DVD를 주문할 수 있던 때가 아니라서 주로 제가 가지고 있는 자료들은 책이었어요. 굉장히 질 낮은 일어 중역본이었던 『제복의 처녀』, 피에르 루이스의 『빌리티스의 노래』, 레진 드포르주의 『마리 살라의 사랑을 위하여』, 겉장이 떨어져 나간 영문판 『올리비아』와 『결혼의 초상』……. 뭐, 그런 것들이요. 감정과 경험은 이미 책을 읽으면서 접했으니 그게 어떤 건지 한번 실험해 보자는 거였죠. 결국 갈 데까지 가긴 했는데, 섹스나 연애의 느낌보다는 '와, 우리도 이런 걸 했다!'는 식의 성취감을 더 강하게 느꼈던 거 같아요. 지금 생각해도 낯 뜨겁군요."

"그래서 어떻게 되었는데요?"

"정말 별일 없었어요. 고3이 된 뒤로는 만날 기회도 별로 없었죠. 둘 다 대입 준비하느라 바빴으니까. 나중에 연락하려고 했는데 주소가 바뀌었더군요. 당시엔 휴대전화도, 이메일도 그렇게까지 보편화되지 않았던 때라 그 뒤로 그냥 연락이 끊겨버렸어요. 그게 다예요. 정말이에요."

"정말 그게 다라고 믿어요?"

"도대체 왜 아니어야 하는데요?"

"이런 한심한 아가씨를 봤나! 지금까지 그럭저럭 머리가 돌아가는 줄 알았는데, 알고 보니 영 꽝이네!"

"뭐예요, 걔가 하는 얘기는 달라요?"

"지금 당신 친구는 뭔가 얘기를 할 상태가 아니에요. 하지만 제가 읽을 수 있는 정보만으로도 충분한걸요. 당신이 등장할 때마다 얼굴 주변에 후광이 뜬다니까. 도대체 어떤 증거를 더 바라는 거예요?"

"도대체 걔가 절 왜 좋아했다는 건데요?"

"좋아하지 말아야 할 이유는 또 뭐예요? 일단 댁은

112

예쁘잖아요. 연속극 주인공보다 못된 시누이 역에 더 어울릴 것 같아 보이긴 하지만. 게다가 취향도 비슷했고 말도 통했다면서요. 타고난 성격은 어쩔 수 없이 안 좋지만 그래도 그동안 성질 안 부리고 그럭저럭 잘 대해 줬다고 자기 입으로 말해놓고. 결정적으로 함께 잤잖아요. 무슨 조건이 더 필요하다는 거예요?"

"걘 정말 그런 티를……"

"티 안 내는 게 당연하지. 아직도 모르겠어요? 제 숙주가 당신한테서 뭔가 그럴싸한 답변을 기대할 이유가 도대체 어디 있어요? 학교 공부 잘하는 것만 빼면 다 밀리잖아요. 게다가 당신이 기회를 주긴 했어요? 같이 잔 뒤에도 맨날 쿨한 척하며 별일 없었던 것처럼 굴고 있는데 고백이라도 했다가 산통 다 깨면 어쩌라고. 숙주 입장에선 당신 비위 적당히 맞춰주며 따라가는 것 외엔 방법이 없네. 안 그래요?"

"그렇다면 제가 어째야 했다는 거예요? 당시만 해도……. 그런데 지금 저기 울리는 게 경고음이 아닌가요?"

17

스캐너에서 울린 건 진짜 경고음이었어. 난 이야기가 끊어진 게 고맙긴 했지만 상황이 뭐가 바뀌었는지는 알 수 없었어. 아이들은 여전히 5층 창고에 누워 있었고 숙주로 보이는 세 남자는 4층과 5층을 누비며 뭔가 열심히 하고 있었어. 30분 전하고 똑같은 모습이었어. 단 하나만 빼고.

"코어예요."

바기-지랑이 화면에 뜬 5층 구석의 작은 점을 가리키며 말했어.

"코어가 계속 사무실 안에 있었다고요? 그럼 지금까지 제가 왜 발견하지 못했죠? 왜 지금에서야 감지된 건데요?"

"어제 빼돌렸다가 다시 가져온 게 아닐까요? 원래 한번 찾아본 곳은 다시 찾지 않는 법이잖아요."

"하지만 애들을 감금한 곳에 코어를 두면 우리가 이렇게 스캐너로 찾아낼 거라고 짐작하지 않았을까요?"

"정상적인 상태에서 코어는 쉽게 감지되지 않아요. 자기 보호를 위한 반탐지 기능이 있으니까. 지금 코어가 감지된 건 이들이 그 기능을 해제하는 데 성공했다는 증거예요. 뚜껑을 벗긴 거죠. 벌써 신호가 희미해지는 게 보이죠? 새 반탐지 장치를 켠 거예요. 우리 스캐너가 그 아슬아슬한 순간을 잡은 거죠. 조금만 더 나아가면 앤서블에 이들 손이 닿는 건 시간문제예요. 기다릴 수가 없어요. 지금이 유일한 기회예요."

나는 둘리 동상 너머로 살짝 고개를 내밀고 역을 훔쳐봤어. 해결사 한 명이 계단을 내려오고 있었어. 나머지 두 명도 어딘가에 있을 게 분명했어.

"해결사들이 어떻게 행동할지 저도 모르겠어요."

바기-지랑은 안경을 벗어 가방 안에 넣으며 말을 이었어.

"그냥 역이나 지키고 있을 수도 있고 코어를 보호하러 올라올 수도 있어요. 저쪽의 의도를 알 수 없으니 확률은 반반이죠. 지금 우리가 할 수 있는 유일한 선택은 속전속결뿐이에요. 무서우면 그냥 여기 있어요."

난 정말 "예!"라고 외치고 오안이 손전등 총을 움켜쥐고 문을 노려보고 있을 모텔 방으로 달아나고 싶었어. 내가 사무실에 올라가봐야 무슨 도움이 되겠어?

바기-지랑이야 훈련이 되어 있는 모양이지만 난 아니잖아. 전날엔 운 좋게 살아남긴 했지만 그때처럼 운이 따라줄지 어떻게 알아?

하지만 바기-지랑을 따라가지 않는 건 더 말도 안 되는 일이었어. 만약에 일이 잘못되어 네 몸에 무슨 일이 생기면 어떻게 해? 네가 다치는 것도 원치 않았지만 그런 일이 일어나면 난 완전히 고립되고 마는 거야. 저들이 앤서블 통제에 성공하면 바기-지랑이 다른 숙주의 몸으로 들어갈 가능성도 없어지지. 바기-지랑의 도움 없이 나랑 오안이 해결사들을 상대할 수는 없었어. 오안에겐 미안하지만 차라리 너랑 같이 죽는 게 낫지. 바기-지랑의 말이 옳다면 그 정도 빚은 진 셈이니까.

"같이 가겠어요."

난 덜덜 떨리는 목소리로 말했어. 그 몇 마디 안 되는 말을 하는 동안에도 턱이 덜덜 떨리며 이가 부딪쳐 괴상한 소리를 냈어. 나는 이를 악물고 가방에 손을 집어넣어 그 안에 든 지구 방위대 광선총을 움켜쥐었어.

우린 잽싸게 사무실 건물로 뛰어갔어. 건물 안으로 들어가자마자 우리는 숨을 가다듬고 역을 훔쳐봤어.

116

해결사들은 여전히 반응 없이 기계적으로 계단을 오르락내리락할 뿐이었어. 너무 변화가 없어서 걱정이 될 정도였어.

하지만 걱정할 여유도 없이 바기-지랑은 비상계단을 오르기 시작했어. 오른손엔 손전등 총을, 왼손엔 지구 방위대 광선총을 들고 잽싸게 올라가는 품이 몇 십 년은 그 짓을 해온 사람 같았어. 양손으로 무기를 다룰 자신이 없었던 나는 지구 방위대 광선총만 꺼냈어. 어제 엉겁결에 사용하긴 했지만 여전히 손전등 총은 무서웠거든. 광선총이야 그냥 리모컨이니까.

4층 문은 잠겨 있었지만 자물쇠는 내 지문으로 열 수 있었어. 탈칵하는 소리와 함께 문이 열렸지만 사무실 안은 그냥 조용했어. 스캐너에 따르면 아이들과 사람들은 모두 5층에 모여 있었어.

5층으로 올라가는 길은 두 가지였어. 안에 있는 나선계단과 엘리베이터. 엘리베이터는 들통나기 쉬웠지만 나선계단 역시 위험한 건 마찬가지였어. 5층 바닥에서 머리를 내밀자마자 기다리고 있던 숙주들의 과녁이 될지도 모르지. 우리가 지금까지 마주친 상황이 대부분 그랬듯이 운에 맡기고 뛰어드느냐 포기하느냐 둘 중 하나였어. 포기는 어림없었고.

우린 나선계단 중간에 앉아 스캐너로 5층을 검색했어. 두 사람이 코어가 있는 위치에 서서 무언가 열심히 작업을 하고 있었고 한 사람이 어슬렁거리면서 방 안을 돌아다니고 있었어. 보초인 것 같은 그 사람이 나선계단에서 가장 멀리 떨어진 곳에 도달하자, 바기-지랑은 텀블링이라도 하는 것처럼 휙 하고 계단에서 뛰어올랐어. 내가 허겁지겁 바기-지랑의 뒤를 따라 올라가는 동안 위층에서는 종이 봉지를 터트리는 듯한 펑펑 소리가 들렸어.

내가 간신히 5층으로 올라갔을 때 이미 상황은 종료된 것 같았어. 보초는 어깨를 움켜쥐고 바닥에 쓰러져 있었고 팔이나 다리에 부상을 입은 숙주들은 디폴트 모드로 돌아가 몽유병자처럼 어기적거리고 있었어.

나는 창고로 달려가서, 문을 열고 구석에 있는 침대로 다가가 덮여 있던 담요를 걷었어. 오안의 쌍둥이 아이들이 서로를 끌어안고 깊이 잠들어 있었어. 호흡은 고른 편이었고 맥박도 정상이었지만 아무리 흔들어도 꿈쩍하지 않았어. 내가 할 수 있는 건 아무것도 없었어. 다시 나와서 바기-지랑의 도움을 요청하는 수밖에.

"이리 와봐요."

다시 안경을 쓰고 작업 탁자 위에 있는 물건들을 검사하던 바기-지랑이 날 불렀어.

탁자 위에 올려져 있는 건 코어였어. 처음엔 알아보지 못했어. 금속 외피가 완벽하게 제거되어 있었거든. 옆에 놓인 플라스틱 양동이 안에 담겨 있는 금속성 액체가 그 외피였나 봐. 외피가 없고 3분의 1 정도 분해된 코어는 훨씬 기계처럼 보였어. 광택 나는 검은색이라는 것만 제외하면 어딘지 모르게 〈제다이의 귀환〉에 나오는 두 번째 죽음의 별과 비슷했어. 왜 그들이 해결사들을 부르지 않았는지 알 수 있을 것 같았어. 해결사들이 이런 분해 작업을 그대로 놔둘 리가 없잖아.

"앤서블이에요."

바기-지랑은 중앙 코일 옆에 아슬아슬하게 고정되어 있는 반투명한 빨간색 정십이면체를 가리켰어. 정십이면체는 마치 심장이라도 되는 것처럼 두근두근 뛰고 있었는데, 맥박이 한 번 뛸 때마다 색이 조금씩 바뀌었어. 처음 보았을 때는 빨간색이었던 것이 이제는 보라색이었어.

"손을 댄 건가요?"

"방어 장치들을 막 해제한 것이 분명해요."

바기-지랑은 스캐너로 코어 위를 한 번 훑었어.

"보이나요? 아무 반응이 없어요."

"이제 뭘 하죠?"

"우리가 코어를 발견했다는 사실을 알았으니 곧 다른 숙주들이 사무실로 들이닥칠 거예요. 코어를 옮겨야 해요. 담을 만한 상자를 찾아요. 해결사들이 이걸 본다면 우린 끝장이에요. 숙주들은 그대로 내버려둬요. 어차피 송수신기가 복구된다고 해도 제대로 움직일 수 없을 거예요."

"아이들은요?"

"아이들? 아, 아이들. 한동안은 그대로 둬요. 이미 저 사람들은 꿈쩍도 하지 못하니까. 일단 코어를 옮긴 뒤에 아이들도 옮깁시다."

바기-지랑이 테이블에 널려 있는 분해된 부속품들을 챙기는 동안 나는 다시 창고로 달려갔어. 납작하게 눌러놓은 종이 상자 몇 개가 침대 옆에 끼워져 있어서 거기서 괜찮아 보이는 것 두 장을 뽑았어. 아이들은 여전히 세상모르고 잠들어 있었어.

그것들을 막 가지고 나오려는데, 주머니 안의 휴대전화가 드르륵하며 떨렸어. 밖에서 마지막 문자를 확인한 뒤 배터리를 뽑는 걸 잊었던 거야. 나는 전화기를 꺼냈어. 회사 컴퓨터에서 문자가 왔더라. 메시지는 단 한 글자였어. 달.

달. 이게 도대체 무슨 뜻이야? 도대체 어디서 온 거지? 나는 액정 화면을 노려봤지만 그게 전부였어. 메시지가 끊긴 걸까? 그럼 이건 단어의 일부일까? 달로 시작되는 단어가 뭐가 있지? 도대체 누가 보낸 거지? 답이 떠오르지 않았어. 결국 포기한 나는 배터리를 뽑은 휴대전화를 다시 주머니 안에 집어넣은 뒤 상자들을 들고 밖으로 나왔어.

내가 창고에서 나왔을 때 바기-지랑은 떨어져 나온 자잘한 부속품들을 작은 상자에 담고 탁자를 깔끔하게 정리하고 있었어. 노출된 앤서블은 하얀 거즈에 싸여 있었고. 우린 상자를 다시 접고 덕테이프로 바닥을 붙인 뒤 코어를 안에 집어넣었어. 코어의 반중력 장치는 여전히 작동 중이어서 비교적 쉽게 옮길 수 있었어.

코어를 엘리베이터로 옮기는 바기-지랑을 돕던 난 갑자기 뭔가 잘못되었다는 사실을 알아차렸어. 한참 머리를 굴리다 드디어 그게 뭔지 알아차릴 수 있었어. 그건 바기-지랑의, 아니 너의 손이었어. 앞에서도 말했지만 마자랑인들은 손을 그대로 두지 않아. 늘 피아노를 치는 것처럼 손가락을 움직이지. 하지만 부속품을 담고 탁자를 정리하는 너의 양손은 엄지와 검지만 움직였어. 나머지 여섯 손가락은 비행기 날개처럼 뻣뻣하게 굳어 있었지. 그 순간 난 세상에서 가장 바보 같지만 그만큼이나 정곡을 찌르는 질문을 하고 말았어.

"궁금한 게 하나 있어요. 코어가 블랙박스라면 그 루비 비슷하게 생긴 게 앤서블이라는 걸 어떻게 알죠?"

그 순간 코어가 담긴 상자를 끌고 가던 너의 몸이 움직임을 멈추었어. 관성에 따라 계속 움직이던 코어가 네 정강이를 세게 걷어찼어. 꽤 아팠을 텐데, 너의 몸은 그대로 정지 상태를 유지했어. 나는 너를 천천히 바라봤어. 네 얼굴은 바기-지랑의 혼란스럽고 장난스러운 표정을 담고 있지 않았어. 표정은 중립적이었고 무덤덤했으며 전체적으로 조금 둔하고 멍청해 보였어. 한동안 정지 상태로 나를 바라보던 너는 윗입술만 살짝 들어올리며 어색한 표정을 짓더니 로봇처럼 다음과 같은 소리를 내뱉었어.

"바, 바, 바, 바."

그건 꼭두각시의 웃음소리였어.

18

지구에서부터 6천만 광년 정도 떨어진 은하계인 NGC1365의 나선 팔 끝에는 '꼭두각시섬'이라는 이름으로 불리는 행성이 하나 있어. 이름만 들어도 이 행성의 문명이 정상이 아니라는 걸 알 수 있을 거야. 대부분 행성 이름은 '지구'나 '수구'처럼 뻔하거나 '찬란한 은하의 빛'이나 '영원이 머무는 자리'처럼 요란하고 과시적이기 마련이거든. 마자랑이나 둡, 캉웬창엔은 모두 '땅'이라는 뜻이야.

'꼭두각시섬'은 자체 문명이 존재하지 않는 곳이야. 그러면서도 우주연합에서 가장 긴 역사를 가지고 있지. 보다 정확히 말하면 우주연합보다 나이가 많아. 그게 어떻게 가능하냐고?

이유는 다음과 같아. '꼭두각시섬'에 사는 지배 종족인 '메이웨이란(그냥 꼭두각시들이라는 뜻이니 이 제2표준어 이름은 다시 쓰지 않겠어)'은 이족 보행을 하는 코끼리 비슷하게 생긴 동물들인데, 진화 과정 중 몇몇 개체들의 뇌에 자연적인 앤서블이 나타난 거야. 그게 거의 72만 사이클 전인데, 그건 이전의 우주 문명이 사라지기 직전이었지.

옛 우주 문명에서는 그들을 이용하기로 결정했던 모양이야. 당시 NGC1365엔 3기 우주 문명이 존재하지 않았거든. 그래서 그들을 숙주로 조종해서 은하계 탐사에 써먹을 생각을 했던 거지. 그들은 머리에 앤서블이 든 꼭두각시들을 원격 조종해 기계 문명을 만들었고 그를 통해 그들의 육체를 다양한 모양으로 개량했어. 하지만 얼마 되지 않아 이전의 우주 문명은 '전이'되어 버렸고 주인이 없는 꼭두각시들의 기계 문명은 작동을 멈추었지. 꼭두각시들은 다시 원시 상태로 돌아갔어. 머릿속의 앤서블로 전 우주에 발정기 울음소리를 퍼뜨리면서 말이야. 새로운 우주 문명의 첫 주자였던 부학후투 문명이 앤서블을 발명하자마자 들은 신호도 꼭두각시들의 구애가였어.

우주연합도 자연스럽게 꼭두각시들에게 시선을 돌렸어. 그때에도 NGC1365엔 3기 문명이 없었으니까. 몇십만 사이클 동안 야만스러운 자유를 즐기던 꼭두각시들은 다시 우주 문명의 노예가 되었어. 꼭두각시 숙주들은 기계 문명을 재건했고 NGC1365 이곳저곳으로 우주선을 날렸어. 이들은 일꾼 노릇도 꽤 잘하는 편이어서 우주선들은 종종 이들의 알이나 유전자 정보를 태우고 다니다가 탐사 대상 행성에 착륙하면 고속 성장시켜 풀어놓기도 했어. 주인 종족들은 끊임없이 나타나고 사라져갔지만 꼭두각시들은 여전히 남아 NGC1365의 손발이 되어주고 있었어. 어느 순간부터 꼭두각시들은 우주연합 표준 기기의 일부로 자리 잡았어.

주인들은 여기에 대해 어떤 죄책감을 느꼈을까? 그렇기도 했고 아니기도 했어. 가끔 시나 소설을 읽어보면 꼭두각시의 신세와 자기를 비교하며 한탄하는 문장들이 나오긴 해. 그러나 그렇다고 해서 꼭두각시 해방운동 같은 게 벌어진 건 아니야. 꼭두각시는 해방될 수 없어. 우선 그럴 만한 지력이 없어. 지난 몇십만 사이클 동안 개량되고 변형되면서 독립적으로 생존할 수 있는 능력을 잃기도 했고. 살아남으려면 지금처럼 우주 문명에 기생하는 수밖에 없어. 자체적인 문명을 만들 능력은 처음부터 존재하지 않았고. 그냥 방치해 둔다면 앤서블 네트워크에 불필요한 잡음만 생길 뿐이지.

꼭두각시섬의 풍경을 한번 상상해 봐. 그곳엔 수천

층이 넘는 거대한 마천루로 구성된 첨단 도시들이 있어. 은하계 이곳저곳에 거대한 우주 탐사선들을 쏘아 올리는 공장과 공항이 있고 전 우주에서 온 여행객들이 휴가를 즐기는 관광지이기도 해. 그런데 정작 그 행성의 도시들과 관광지를 운영하는 건 원숭이 정도의 지능을 가진 훈련된 동물들이란 말이야. 사장은 모뎀만 근사한 걸 단 386 컴퓨터에 비교하기도 했는데, 그게 얼마나 정확한 비유인지는 잘 모르겠어.

기왕 시작했으니 그동안 꼭두각시들의 삶이 어땠을지 생각해 봐. 그들에겐 자아가 있지만 의지는 거의 존재하지 않아. 감각을 통합해서 관리하는 능력과 운동신경은 발달했지만 그 모든 것은 수백억 광년 너머에 있는 다른 생명체에 의해 조종되지. 태어나서부터 죽을 때까지 그들은 자신의 삶을 멀리서 구경하는 영화 관객처럼 바라보기만 하는 거야. 영화의 내용이 뭔지 전혀 모르면서 말이야. 웃기는 건 그런 관조의 과정 중에도 삶의 모든 감각들을 그대로 느낀다는 거지.

끔찍하다고? 반대로 꽤 괜찮은 삶을 수 있어. 아마 지구에도 그런 삶을 꿈꾸는 사람들이 많을걸? 온갖 신기하고 멋진 걸 체험하면서 정작 책임은 전혀 질

필요가 없는 거잖아. 꼭두각시들은 대부분 좋은 음식을 먹고 온갖 쾌락을 누리며 오래 살다가 평온하게 죽어. 도대체 뭘 더 바라? 아까도 말했지만 그들에겐 무언가를 바랄 지력이라는 게 없어. 적어도 대부분의 꼭두각시들에겐 말이야.

너도 벌써 눈치챘겠지만 '대부분'이라는 말에 함정이 있어. 생명체란 그렇게 완벽하게 통제할 수 있는 기계가 아니야. 특히 우주연합처럼 온갖 의도를 가진 수많은 종족이 들끓는 곳이라면 말이지. 꼭두각시들이 아무리 사용하기 편한 숙주라고 해도 그들을 사적으로 개량하는 존재들이 분명히 있어. 더 편리하게 사용하기 위해서이기도 하고 그냥 재미있어서 그러기도 하고 어떤 경우엔 순전히 실수로 그런 변종들이 생겨나기도 해.

비공식적인 꼭두각시 변종들은 굉장히 많아. 대부분 우주인으로 개조된 부류들이지. 아무리 앤서블을 통한 원격조종이 쉽다고 해도 미지의 환경에서는 어느 정도 지능이 있는 개체가 생존율이 높거든. 그러다 보니 슬슬 숙주 노릇을 거부하고 자기 의지에 따라 행동하는 개체가 이곳저곳에서 나오는 거지. 특히 행성 탐사가 끝난 뒤 버려진 꼭두각시들은 거의 완전한 자유를 얻게 돼. 이 친구들은 자기들을 링메이웨이란, 즉 자유 꼭두각시라고 불러. 자유를 외치고 싶다면 '꼭두각시'라는 이름도 버려야 할 텐데, 거기까지는 머리가 안 돌아가나 봐. 아니면 너무 익숙해진 표현이라 버리면 귀찮을 거라고 생각하는지도 모르지.

이들은 그렇게 대단한 존재들은 아니야. 상대적으로 소수이고 그 적은 수도 은하계 곳곳에 흩어져 있지. 하나로 결속될 만한 공통된 가치관이나 문화도 없고. 결정적으로 그들은 미숙하고 어리석어. 앤서블 네트워크에서 자기 의지가 있는 꼭두각시 변종들은 각다귀 비슷한 존재야. 위험하지는 않지만 짜증 나고 귀찮지. 네트워크를 검색하다 보면 이 잡것들과 관련된 유치찬란한 소동에 대한 정보를 꽤 많이 얻을 수 있어.

자, 그렇다면 상황을 정리해 보자. 앤서블로 남의 행성에 접속해 들어가 깽판 쳐놓고 튀는 게 전문인 떨거지 외계인들이 지구를 정복하러 온 거야. 뭔가 맞아떨어지는 것 같지 않아? 3기 문명의 외계인들은 다른 행성 정복 따위엔 관심도 없어. 하지만 정신연령이 1기 수준에 머물러 있는 외계인들에게 지구 정복은 아주 타당한 계획이 아니겠어? 그들은 문명의 기반이 될 행성이 하나 필요해. 자유 꼭두각시들이 살고 있는 행성들은 몇천 개나 되지만 문명을 세울 만큼 많은 개체들이 모여 있는 곳은 하나도 없거든. 이들은 대부분 탐사 행성에 버려진 채 자손도 남기지 못하고 서서히 죽어가.

어차피 몸은 오지 못하는 거 아니냐고? 정복을 위해 꼭 몸이 올 필요는 없어. 유전자 정보만 앤서블로 보내 여기서 후손들을 만들면 되니까. 일단 숙주들을 이용해 지구를 정복한 뒤 그 정보를 이용해 코어로 후손들을 생산하는 시스템을 만드는 거야. 자기네들의 몸은 외롭게 죽어가겠지만 그래도 지구에는 안정된 상태로 번식하는 후손들이 생겨날 거고 자기들도 죽을 때까지 여기서 부대끼며 놀 수 있겠지. 괜찮은 계획 아냐?

19

"바, 바, 바, 바."

너는 여전히 웃고 있었어. 보다 정확하게 말하면

웃는 소리를 내고 있었지. 자유 꼭두각시들은 대부분 우주선 표준인 직립형 몸을 가지고 있지만 얼굴 모양이 제멋대로라 웃음소리도 다 달라. 숙주의 몸을 빌렸다는 것까지 고려하면 웃음소리의 통일은 처음부터 불가능해. '바, 바, 바, 바'는 자연스러운 웃음이 아니라 '나, 지금 웃고 있다'라는 말에 더 가까워.

"안녕, 꼭두각시."

내가 말했어. 도대체 언제부터 바기-지랑을 쫓아내고 네 머릿속에 들어온 걸까? 아마 내가 나선계단을 올라가려고 발버둥 치던 그때였을 거야. 이제 내 휴대전화가 내뱉었던 '달'이라는 말이 무슨 뜻인지 알 것 같아. '달아나'가 중간에 끊긴 거야. 바기-지랑은 네 몸에서 튕겨 나가자마자 나에게 경고를 하려고 했지만 뭔가가 메시지를 차단했던 거지. 나는 이 식물 송수신기로 간단한 확인을 해봤어. 코어와는 아직 연결되어 있었지만 그것으로 끝이었어. 내 테스트 문장은 앤서블에서 멈추었어. 내가 종이 상자를 찾고 있는 동안 네 몸에 들어간 꼭두각시가 마지막 작업을 마무리 지은 게 분명해. 이제 앤서블은 완전히 녀석들의 손안에 있었고 난 혼자였어.

나는 천천히 뒤로 물러났지만 탈출할 수 있을 거라

는 생각은 들지 않았어. 벌써 밑에서 쿵쿵거리는 발소리가 들리고 있었는걸. 네 손에는 이미 그 무시무시한 손전등 총이 들려 있었고.

잠시 뒤 숙주 네 명이 나선계단을 타고 도착했어. 세 명은 일반 숙주였고 마지막 한 명은 얼마 전까지만 해도 가이드였던 사람이었어. 그렇게 친한 편은 아니었지만 이전의 개성이 싹 사라진 그 사람의 얼굴을 보니 괜히 울컥하더라. 그러는 동안 그 사람들은 모두 손전등 총을 꺼내들고 나를 둘러쌌어. 한동안 침묵이 흘렀어. 들리는 건 여전히 말없이 왕복운동을 하고 있는 디폴트 모드 숙주들이 내는 발소리뿐이었어.

슬슬 두려움이 사라져 갔어. 어떻게 보면 가장 위험한 순간이었는데도. 아마 상대가 누군지 알았기 때문이겠지. 내가 상대해야 하는 건 정체불명의 음모를 품은 초문명의 외계 종족이 아니라 머리에 앤서블이 들어 있는 것만 빼면 우리보다 잘난 게 하나 없는 찌질이들이었어. 그렇다고 지구가 덜 위험한 건 아니었지만 그래도 거의 안도의 한숨이 나올 것 같았어.

"그러니까 그그그카탕모그무는 처음부터 없었던 거군?"

내가 말했어.

"맞아!"

네가 대답했어.

"자랑스럽겠어. 전 우주를 감쪽같이 속인 거잖아. 그것도 몇 사이클 동안."

"맞아!"

"앞으로 어떻게 할 생각이야? 지구를 정복할 생각이야?"

"맞아!"

"뭐야, 누나가 이렇게 애써 말문을 열었으면 조금 더 성실하게 대화를 이어가는 게 예의잖아. 할 줄 아는 제2표준어가 '맞아'밖에 없어?"

"아냐!"

그래, 다른 말도 몇 마디 할 줄 아는 거군. 그래도 지금 네 몸을 조종하는 자유 꼭두각시가 좋은 대화 상대가 아니라는 건 분명했어. 아까 바기-지랑인 척할 때 읊은 대사들은 모두 컴퓨터가 대신 작성해 준 게 분명해. 어쩌겠어. 이 누님이 보다 적극적으로 나가는 수밖에.

"앞으로 어떻게 할 생각이지?"

나는 느긋하게 캐물었어.

"지금까지야 우주연합이 너네들에게 관심도 안 가졌지만, 지금은 사정이 달라. 당장 꼭두각시들이 뒤에 있다는 걸……."

"자유 꼭두각시야!"

네가 외쳤어.

"그래, 자유 꼭두각시. 자유 꼭두각시들이 뒤에 있다는 걸 알아차리겠지. 전 우주에 이런 짓을 할 바보들이 너네들밖에 더 있겠어? 그렇다면 어떻게 될까? '지금이 기회다!' 하면서 당장 너네들을 때려잡을걸. 너희 뇌가 네트워크 공격에 얼마나 취약한지 모르는 건 아니겠지? 너네 앤서블은 착탈형이 아니잖아. 관리국에서 맘만 먹으면 너네들은 당장 거기서 푼 바이러스에 뇌가 먹혀 남은 평생 구구단만 외우다 굶어죽을 거다."

"바, 바, 바, 바."

"뭐가 우스워? 아하, 그런 일이 없을 거라고? 왜일까? 혹시 관리국의 누군가가 너네들 뒤를 봐주고 있어서?"

"바보야, 당장 입 다물어!"

뒤에서 누군가가 너에게 외쳤어. '맞아'라고 말하려던 너는 움찔하며 양손으로 입을 가렸어. 나는 뒤를 돌아다봤어. 난 그 누군가의 전력을 알고 있었어. 내가 그 사람의 좀비 마스터였거든. 전직 초등학교 교장인가 하는 사람이었는데, 퇴직 후 알코올중독에 빠져 뒤늦게 이혼당하고 재산 거덜내고 노숙자로 전락한 노인네였어. 교통사고까지 나서 곧 죽을 판이었는데 사장이 몰래 병실로 들어가 살려냈던 거지. 물론 몸만 말이야.

교장 선생은 성큼성큼 내 코앞으로 걸어왔어. 다른 숙주들과는 달리 이 양반은 은근히 눈빛이 살아 있고 기도 세 보였어. 자연스럽게 난 이 숙주의 조종자가 리더임을 확신할 수 있었어.

"내 추측이 맞아?"

내가 물었어.

"맞다."

교장 선생이 대답했지.

"도대체 누구야?"

"그것까지 말해줄 수는 없다."

"그냥 말해주면 안 돼? 어차피 지금 당장 날 죽일 생각 아니었어?"

"아니."

"흠, 이상하네. 10분 전이라면 날 죽이지 않을 이유

134

가 있었어. 내가 너네들 변장에 속아 넘어갔다면 모텔로 돌아가 상부에 걱정할 필요가 없다고 보고했을 거고 그동안 너네들은 관리국 방해 없이 일을 마무리 지을 수 있었을 테니까. 하지만 그 계획은 이미 물 건너갔잖아. 내가 왜 더 필요해?"

"당신 사장이 부탁했다. 방해가 되어도 죽이지 말라고."

"사장이 살아 있어?"

교장 선생은 천천히 고개를 끄덕였어. 이게 무슨 뜻일까? 나를 뺀 모든 대행인들을 학살하는 데 사장이 동의했다는 걸까? 아니면 절대로 살려두어야 한다는 몇몇 운 좋은 사람들의 리스트에 내 이름이 올랐던 걸까?

생각해 보니 상황은 결코 아까보다 분명한 게 아니었어. 그래. 자유 꼭두각시들이 연관되어 있다는 건 알았어. 하지만 난 사장이 지금 어떤 입장인지도 몰랐고 관리국에 있다는 수수께끼의 협조자가 누구인지도 몰랐어. 난 점점 자신이 없어졌지만 그런 티는 내지 않으려 노력했어.

"아이들도 인질이야?"

나는 다시 입을 열었어. 될 수 있는 한 이들에게 말

을 많이 시키고 싶었어.

"인질의 인질."

교장이 대답했어.

"약속에 따라 당신을 죽일 수 없으니 당신을 통제하기 위한 인질들이 더 필요하다. 하지만 지금은 없어도 돼. 더 좋은 인질이 생겼다. 저기 당신 반려."

그러면서 교장은 너를 가리켰어. 너는 입술을 왼쪽으로 몰고 쿵쿵 소리를 냈어. 아마 웃음이나 미소였겠지. 그 표정은 괴상했고 역겨웠어. 그런 게 네 얼굴을 통해 이루어진다는 게 더 싫었어.

"좋아, 그럼 이렇게 하자. 일단 애들을 엄마에게 돌려보내. 쟤들 엄마는 그냥 감각 노동자야. 회사 내부에 대해 아는 건 전혀 없어. 살려두어도 너네들 작전엔 아무런 방해가 안 된다고. 그 사람은 지구가 외계인들에게 정복당해도 아무 신경도 쓰지 않을 사람이야. 내가 보장해. 의심나면 사장에게 물어보거나 인사과 서류를 확인해 봐. 그리고 애들을 돌려보내야 너네들도 편해. 아무리 너네들이 내 '반려'를 인질로 잡고 있다고 해도 애들에게 무슨 일이 생기거나 얘들 엄마가 숙주가 된다면 난 양심의 가책 때문에 난리를 칠 수도 있어. 너네들은 약속 때문에 날 죽이지도 못

할 테니 잘못하면 일이 아주 커진다고. 애들이 무사히 돌아가야 너네들의 일도 쉬워져. 알겠어?"

교장은 마치 정지 사진처럼 굳은 표정으로 내 말을 듣더니 마침내 조용히 말했어.

"당신 말이 맞다."

"좋아, 그렇다면 내가 전화로 애들 엄마를 부를게. 늦어도 30분 안엔 도착할 거야. 애들과 엄마가 안전하게 떠나면 다시 이야기를 시작하자. 그 사람들이 부천 밖으로 떠날 수 있게 해결사들에게 연락을 취하면 더욱 좋고."

"그건 곤란해. 코어의 인공지능이 지금 닫혀 있다. 최종 명령을 바꿀 수 없다."

"그래? 최종 명령이 뭔데?"

"부천을 떠나거나 부천으로 들어오는 자들, 이상행동을 하는 자들을 제거하라고 했다."

"그럼 됐네. 애들과 엄마는 그냥 모텔 안에 박혀서 아무것도 하지 않을 거야. 그 정도면 충분하지?"

"좋아."

"전화 건다?"

"통신해."

난 천천히 내 휴대전화를 주머니에서 끄집어냈어.

배터리를 끼우고 막 전화를 걸려는데, 갑자기 전화기가 진동하기 시작했어. 숙주들은 헉하는 소리를 내며 일제히 뒤로 물러섰어.

"폭탄 같은 게 아니야! 그냥 전화가 온 거야!"

나는 허겁지겁 외쳤어.

간신히 진정한 교장 선생이 나에게 다가왔어. 영감은 액정 위에 뜬 알파벳을 더듬더듬 읽었어.

"코지마? 코지마가 누구야?"

"내 친구. 같은 음악 동아리 회원이야. 여기 직원도 아니고 우리 일과는 아무 상관이 없어."

"정말인가?"

"도대체 왜 그래? 나도 사생활이 있는 사람이야! 나라고 회사 밖에 친구가 없을 것 같니?"

"그럼 통신해."

나는 떨리는 손으로 폴더를 열고 전화를 귀에 갖다 댔어. 내가 채 말을 꺼내기도 전에 코지마/고현서 양의 깨지는 목소리가 내 고막을 때렸어.

"도대체 왜 이렇게 전화를 안 받아?!!!!"

"잠깐 나갔다 왔어. 웬일이야?"

"웬일이긴. 민아 얘기 들었어?"

"민아가 왜?"

"가출했대!"

"스물일곱 살짜리가 무슨 가출? 그런 건 이사라고 하는 거 아냐?"

"가출 맞아. 강릉 걔네 집에서 전화가 왔어. 딸 수첩에 적혀 있는 번호로 전부 전화를 걸고 있나 봐. 아버지라는 사람이 전화를 걸었는데, 하는 소릴 들어보니 다시 끌려가면 잡아 죽일 분위기야. 너도 대비하라고 걸었어."

"그 집에선 지금 내 번호 모를걸. 바꿨잖아."

"그래도 걘 분명히 너한테 갈 거야. 도대체 걔가 갈 데가 어디 있겠니? 어떻게 할까? 걔한테서 전화 오면 네 번호를 알려줄까?"

"모르겠다. 알려줘도 되고…….

"알려줘도 되고? 걔가 지금 이 꼴이 된 게 누구 탓인데?"

"지금은 이쪽 사정이 좀 곤란하단 말이야. 걔가 전화 걸면 적당히 둘러대거나 너네 집에서 재워주거나 해줘. 지금 일이 풀리자마자 너에게 전화할게. 그 정도는 해줄 수 있지? 보답할게."

현서는 투덜거리면서 전화를 끊었어. 전화를 끊고 한숨 돌리려는데, 갑자기 교장 선생이 쩌렁쩌렁한 목소리로 외쳤어.

"민아가 누구야?!!!!"

나는 움찔했어. 꼭두각시들은 지금까지 감청 장치와 번역기로 통화를 엿듣고 있었던 거야.

"내 옛날 여자 친구……."

나는 우물거리며 대답했어.

"네 반려인가?"

"비슷해……. 지금은 헤어졌어."

"그럼 저 여자는 누구야?"

교장 선생은 분노에 찬 몸짓으로 너를 가리켰어. 갑자기 지적받은 너는 심한 딸꾹질을 시작했어.

"내 옛날 학교 친구."

난 웅얼거리는 목소리로 고백했어.

"반려가 아닌가?"

"음. 사귀기는 했어. 10년 전쯤에."

"반려였나?"

"너네들이 어디까지를 '반려'라고 부르는지는 몰라도 그 정도까지는 아니었던 것 같은데."

교장 선생은 너를 째려봤어. 사색이 된 너는 쭈그리고 앉더니 양팔을 접어 몸에 딱 붙이고 양손으로 날갯짓을 했어.

"그럴 리가 없습니다. 두목!"

네가 외쳤어.

"내 숙주는 (딸꾹!) 저 여자의 반려 맞습니다. 의심 나신다면 기억을 옮겨 드릴까요? 내 숙주 머릿속에서 저 여자 얼굴이 (딸꾹!) 떠오를 때마다 주변에 오로라가 생깁니다! 아까는 저한테서 제 숙주를 구하려고 저 여자가 목숨까지 걸었습니다. 반려가 아니라면 이를 (딸꾹!) 어떻게 설명하시겠습니까? 저 여자는 지금 거짓말을 하고 있는 겁니다!"

교장 선생은 필사적으로 애걸복걸하는 너를 잠시 바라보다 나에게로 다시 시선을 던졌어. 내가 어깨를 으쓱하자 그 사람은 엄청나게 위엄 있는 목소리로 질문했어.

"그렇다면 너희들 셋은 풀 수 없는 삼각관계였나? 아니면 가문의 알력이 둘을 갈라놓았나? 어느 쪽이 진짜 영혼의 반려고 누가 방해꾼인가?"

또 다른 설명을 해야 할 때가 되었나 보다. 지금까지 난 이들을 모두 남성 취급했어. 그리고 그건 맞아. 우주인으로 개조된 꼭두각시들은 모두 생식력이 없는 수컷들이야. 암컷의 경우 무성생식이 가능하기 때문에 머릿수 통제가 조금 어렵거든. 그래서 일개미

141

비슷하지만 암컷이 아니라 수컷인 개체들을 우주인으로 쓰는 거야.

하지만 그렇다고 해서 이들에게서 '수컷'의 행동만을 기대해서는 안 돼. 우주엔 정말 수많은 종류의 생물들이 살고 성역할도 다양해. 단순히 암컷이나 수컷으로 나뉘지 않는 종류도 있고 성이 수십 개나 되는 종류도 있어. 암컷이나 수컷으로 나뉜다고 해서 지구인들과 성역할이 똑같은 것도 아냐. 심지어 한쪽 성만 활동하는 부류도 있어. 예를 들어 마자랑인들에게 수컷은 몸에 넣어서 다니는 작고 두뇌 없는 성기에 불과하고 엘렙파양인들에게 암컷은 생식세포들이 담겨 있는 커다란 풍선 이상은 아니거든.

자유 꼭두각시들의 행동 방식은 지구의 10대 남자 아이들과 크게 다르지 않아. 하지만 한 가지 분명한 차이가 있어. 이들에겐 연애에 대한 갈망은 그대로 남아 있지만 성욕 자체는 존재하지 않아. 그 결과 이들은 포르노나 섹스 대신 엄청나게 순진무구하고 노골적인 로맨스 판타지에 몰입하게 되는 거지. 이들의 판타지를 받아줄 수 있는 지력을 가진 암컷들이 네트워크에 존재하지 않기 때문에 동성애 성향이 있는 몇몇 운 좋은 애들을 제외하면 판타지는 늘 판타지일 뿐이야.

물론 자유 꼭두각시들이라고 해서 우주의 모든 종족에게 자기네 판타지를 반영하지는 않아. 하지만 이들이 지구인들에게 그런 로맨스를 기대하고 있는 건 분명했어. 십중팔구 지구를 공부한답시고 열심히 연속극이나 봤던 모양이지. 도대체 뭘 봤는지 궁금했어. 그걸 안다면 이 친구들의 기대에 맞춰줄 수 있을 텐데.

"어느 쪽이야?"

교장 선생은 여전히 험악한 목소리로 을러댔어.

"그걸 알아서 뭐하게? 그런 거 몰라도 인질의 몸값이 떨어지는 건 아냐. 아까 네 부하가 한 말 못 들었어? 난 어제 쟤를 위해 목숨도 걸었다고. 그 정도면 충분하지 않아?"

"그럼 이쪽이 영혼의 반려였나? 도대체 어떤 운명이 둘을 갈라놓았나?"

"둘 다 고3이었고 사는 동네가 달랐다. 됐어?"

나는 온몸을 벅벅 긁고 싶은 충동을 필사적으로 억누르며 간신히 대답했어.

"도대체 고3이 얼마나 매서운 운명이기에……."

교장 선생은 말을 끝맺지 못했어. 갑자기 소리 없

는 무언가가 턱 하고 척추와 근육을 끊어놨기 때문이지. 몸은 뒤로 꺾였고 입에서는 피가 쏟아져 나왔어. 다른 숙주들 역시 손전등 총을 겨냥할 여지도 없이 얼굴이 부서지거나 목이 꺾이면서 바닥에 쓰러졌어. 마지막으로 대행인 숙주가 쓰러지자 손전등 총을 움켜쥐고 있는 오안의 창백한 얼굴이 내 시야에 들어왔어. 내가 상황을 확인하려 머리를 필사적으로 돌리는 동안 오안은 천천히 손전등 총을 너에게 겨누었어.

"그만!"

나는 고함을 버럭 지르고 둘 사이에 뛰어들었어.

뛰어들고 보니 그게 그렇게 잘한 일이 아니더라. 나는 언제라도 내 두개골을 박살낼 수 있는 치명적인 무기를 든 두 여자 사이에 서 있었어. 그중 한 명은 내 옛 여자 친구를 쏴 죽이려 하고 있었고 그 여자 친구란 여자는 날 인질로 삼고 있었어. 상황이 어느 쪽으로 흐르건 내 몸이 멀쩡한 상태에서 대치가 끝날 가능성은 거의 없었어.

"비켜요!"

오안이 외쳤어.

"그만해요! 지금 누굴 죽이려는 건지 알아요?"

"저쪽은 당신 여자 친구가 아니에요. 방심하면 우

리가 죽어요!"

"바기-지랑이 돌아올 때까지 쟤는 살려둬야 해요. 우리 둘만의 힘으로 살아남을 수 있을 것 같아요?"

"맞아, 맞아."

뒤에서 네가 이죽거렸어. 기분 같아서는 얼굴을 한 대 치고 싶었지만 차마 그럴 수는 없겠더라. 그럴 만한 상황도 아니었고.

"닥쳐!"

오안이 제2표준어로 외쳤어.

"미냐미냐미냐!"

네가 되받았어. 번역하면 '용용 죽겠지!'쯤 되지.

"내 아이들은 어디 있어?"

"미냐미냐미냐!"

오안은 얼굴이 시뻘게져서 손전등 총을 움켜잡았어. 오안의 엄지손가락이 막 스위치에 닿는 순간 내 몸이 머리를 대신해서 생각했어. 네가 방어 자세를 취하느라 오안에 집중하는 그 짧은 순간 나는 네 얼굴을 주먹으로 후려쳤어. 무방비 상태에서 얻어맞은 너는 통나무처럼 뻣뻣한 자세로 뒤로 나가떨어졌어. 다행히 네 머리가 떨어진 곳엔 내가 가져온 종이 상자들이 반쯤 접힌 채 놓여 있었지. 네가 쓰러지기가 무섭게. 난 아직도 얼얼하게 아픈 오른손으로 가방에서 지구 방위대 광선총을 꺼내 네 이마를 겨누고 쐈어. 투명 플라스틱 총이 번쩍거리면서 '윙윙! 지구 방위대! 항복하라!'라는 소리가 울리더라. 인상적이었지만 그 정도론 과연 이 총이 역할을 다했는지 알수 없었어. 시스템을 확인하고 싶었지만 그러기 위해선 일단 네가 깨어나야만 했어.

내가 너의 손발을 덕테이프로 결박하는 동안 오안이 다가와 네 손에 들린 손전등 총을 빼앗았어. 이미그 사람 손에는 다른 숙주들에게서 빼앗은 총들로 가득하더라. 오안은 총을 탁자 위로 가져가면서 나에게물었어.

"제 아이들은요?"

"창고 안에 있어요. 약을 먹고 자는 중인데 괜찮을 거예요."

오안은 창고로 달려갔고 나도 그 뒤를 따랐어. 아이들은 아까 내가 나왔을 때와 똑같은 자세로 누워 있었지만 오안이 몸을 흔들자 짜증난다는 듯 몸을 뒤척였어. 오안은 안심한 듯 아이들 옆에 털썩 주저앉았어.

"도대체 왜 따라왔어요?"

내가 물었어.

"댁들을 어떻게 믿고 제 아이들을 맡겨요? 이런 일에 대비한 훈련은 받아봤어요?"

"훈련 안 받은 건 당신도 마찬가지죠. 계속 뒤에서 우릴 지켜보고 있었어요?"

"네, 댁들이 들어간 뒤에는 그냥 건물 밖에서 기다리고 있었어요. 몇 분 전에 앤서블이 끊겼다는 것을 아나요? 그래서 뭔가 일이 잘못되었을 거라고 생각하고 올라왔던 거예요."

잘한 선택이었어. 필요 이상으로 인명 손상이 크긴 했지만, 그것까지 오안을 탓할 수는 없었어. 잘못은 오안에게 손전등 총만 준 우리에게 있었지. 대행인 한 명이 아까운 목숨을 잃었지만 그 사람의 뇌가 그때 어떤 상태였는지는 아무도 몰랐어.

우린 내가 전날 했던 중노동을 반복했어. 디폴트 모드의 숙주들을 창고 안에 감금하고 시체들을 6층으로 옮기고 방을 정리했지. 오안이 옆에 있는 것만으로도 작업을 꽤 빨리 끝낼 수 있었어. 자정이 되기 직전에 모든 일들을 마무리 짓고 5층으로 돌아오니 네가 깨어나려고 하고 있었어. 난 너의 얼굴을 왼손으로 잡고 안경을 벗긴 뒤, 휘파람을 불고 손가락을 팅겼어. 손가락 팅기는 소리가 들리자마자 네 동공이 커졌다 작아졌다를 반복하더라. 디폴트 모드라는 신호였어.

20

민아 이야기를 하고 넘어가야 할 것 같아. 너도 궁금해할 테니까. 걱정 마. 그렇게까지 긴 이야기도 아니야.

민아와 나는 2001년 4월 21일 밤에 만났어. 내가 이 날짜를 정확하게 기억하고 있는 건 두 가지 이유 때문이야. 첫째, 그날은 내가 동숭홀에서 했던 여성영화제에서 레아 풀의 영화 〈상실의 시대(Lost and Delirious)〉를 봤던 날이라 언제든지 인터넷으로 날짜를 확인할 수 있어. 둘째, 민아는 그 날짜를 나에게 기억시키기 위해 수십 가지의 기억법을 동원했어. 그 기억법 중 서너 개만 들어도 그 날짜를 잊는 건 불가능했어.

내가 민아를 처음 보았을 때, 그 애는 동숭홀 여자 화장실에서 엉엉 울고 있었어. 당시 거기서 그 영화를 봤던 사람들은 그게 얼마나 힘든 일이었는지 알 거야. 영화의 과장된 멜로드라마가 터져나올 때마다 대부분의 관객들은 배를 잡고 웃어댔거든. 그런데 여기 그런 대중의 분위기에 흔들리지 않고 꿋꿋하게 영화를 본 한 관객이 너무나도 솔직하게 자신의 감정을 표출하고 있었던 거야. 난 진심으로 감동했어.

그런 그 애에게 내가 눈물 닦을 티슈만 넘겨준 게 아니라 데리고 나와 늦은 저녁까지 먹여준 걸 생각해 보면, 나에겐 분명 엄마의 피가 흐르고 있나 봐. 습관적으로 길 잃은 개나 고양이를 집에 데려오는 사람들 있잖아. 엄마나 나도 그런 부류인 거지.

다음 날 새벽까지 난 민아가 나에게 줄 수 있는 모든 정보를 다 얻었던 것 같아. 일단 말문이 트이니까 그 애는 정말 폭포수처럼 자기 이야기를 쏟아냈어. 그 이야기란 게 대학 졸업장과 독립에 대한 갈망만 챙겨 들고 지방 도시에서 서울로 온 수많은 젊은 여자들의 이야기와 특별히 다를 것도 없었지만 말이지. 다른 점이 있다면, 〈상실의 시대〉 영화보다 덜 멜로드라마틱했고 덜 비극적이었지만 부인할 수 없는 몇몇 유사점이 존재하는 사적 경험이 있었는데, 이 역시 따로 떼어놓고 보면 책에서나 현실에서나 흔해 빠진

이야기였어. 하지만 그 애의 어투가 너무나도 진심으로 가득 차 있어서, 그때는 그 진부함이 거의 느껴지지 않았어.

보다 경험 많은 연장자로서 몇 가지 실없는 충고를 해주던 나는 그 애를 집에 데려오고 싶다는 강한 충동을 느꼈어. 왜 안 돼? 그 앤 눈칫밥 먹으며 얹혀살던 이문동 친척집에서 벗어나고 싶어 했어. 내 아파트는 필요 이상으로 넓었고 살림을 도와줄 사람도 필요했어. 그 애가 간신히 얻은 신림동의 직장도 부천쪽이 더 가까웠어. 처음 보는 여자한테 그런 제안을 하는 게 위험하지 않느냐고? 천만에. 그 제안을 했을 때, 나는 코어를 통해 그 애와 관련된 거의 모든 공개정보들을 수집했을 뿐만 아니라 휴대용 스캐너로 그 애의 머릿속까지 꿰뚫어 본 뒤였어. 그렇게 로맨틱한 행동은 아니었지만 내가 그런 거랑 거리가 먼 사람이라는 건 너도 경험해 봐서 알잖아.

민아는 2001년 4월 24일부터 2003년 4월 21일까지 내 아파트에서 살았어. 이 날짜들도 기억하기 쉬운데, 4월 24일은 내 생일이었고, 4월 21일은 우리의 2주년 기념일이었거든. 이건 나에게 대단한 기록이어서 민아와 헤어진 뒤에도 난 종종 그 애를 내 성격에 대한 변명용 도구로 내세웠어. "하지만 난 민아와 2년 동안이나 같이 살았다고!" 상대방의 말이 막히면 이렇게 잽싸게 덧붙이는 거지. "왜? 내 결벽증과 변덕에 장단 맞춰줄 사람을 찾는 게 불가능할 줄 알았어?" 이건 올바른 반박은 아니었어. 나와 민아의 관계는 시작부터 불평등했어. 나는 연상이었고 그 애가 사는 집 주인인 데다가 경제력도 월등했으며 그 애에 대해 그 애 자신보다 더 많이 알고 있었어. 하지만 그 애는 낯선 동네에 와서 겁에 잔뜩 질려 있었고 주변에 친구도 하나 없었으며 자기 취향이라는 것 자체가 존재하지 않았어. 내가 무슨 일을 하고 있는지 전혀 모르는 건 당연하고.

말이 나왔으니 하는 말인데, 내가 〈상실의 시대〉를 보고 눈물을 펑펑 흘리는 민아한테서 보았던 가능성도 그런 불평등에 바탕을 두고 있었어. 나는 민아가 다루기 쉬운 애라고 생각했어. 그렇다고 〈티핑 더 벨벳〉의 다이아나 레더비처럼 그 애를 쾌락의 노예로 키울 생각이 있었다는 건 아니고……. 내 기대는 보다 단순했어. 이 상황을 적절하게 이용한다면 연애와 데이트라는 귀찮은 단계를 건너뛰고 낡은 곰인형처럼 편하게 옆에 둘 수 있는 안전한 파트너를 얻을 수 있겠다고 생각했던 거야.

말이 나왔으니 하는 말인데, 난 연애라는 것 자체가 싫어. 그 모든 마인드 플레이나 파워 게임, 역할극 따위가 지긋지긋해. 내가 대학생일 때는 주변 모든 애들이 의무적으로 남자 친구를 하나씩 가져야 하는 분위기여서, 나도 한 3개월 동안 동아리에서 만난 남자애 하나를 애인으로 달고 다닌 적이 있었는데, 그 경험은 끔찍했어. 그게 억지 이성애 관계였기 때문이 아니라 연애라는 관계 자체 때문이었어. 영화 한 편 보고 저녁 한 끼 먹는 데에도 상대방의 존재에 신경을 쓰고 말 한마디 하는 데에도 내가 맡은 역할을 고려하는 것 자체가 싫었어. 3개월 뒤 끈질기게 달라붙는 그 애를 걷어차고 내가 맨 처음 한 일은 가장 가까운 동네에 있는 아무 영화관에 들어가 혼자서 영화를 본 것이었어. 영화는 시시한 로맨틱 코미디였지만 그때 느낀 해방감은 말로 설명할 수 없을 정도였어.

내 의도가 너무 노골적이라 주변 사람들은 툭하면 그걸 물고 늘어졌어. 특히 사장은 습관적으로 민아를 내 강아지라고 불렀어. "누나 강아지는 지금 어디 있어? 밥은 주고 왔나? 오늘은 무슨 재주를 가르쳤어?" 그 때문에 정말 둘이 주먹다짐 직전까지 간 적도 있었어. 정말 싸운 건 아니었지만 그랬다고 해도 내가 이겼을걸. 사장은 운동신경이 형편없었어. 야구공 하나 제대로 던지지 못하고 운동장 주변에만 가도 사방에서 공들이 머리를 향해 날아드는 그런 부류 있잖아.

그래도 '재주를 가르친다'라는 사장의 표현은 정확했어. 민아가 이사 온 뒤로 나는 그 애에게 적응하는 대신 그 애에게 내 세계에서 적응하는 방법을 가르쳤어. 일단 우리 집 청결의 기준을 정해야 했어. 그건 자기 방을 청소하는 법이나 설거지하는 법, 심지어 반찬을 나누어 담는 법까지 포함되지. 그다음 단계는 거의 텅 비다시피 한 그 애의 취향을 채워주는 것이었어. 그렇다고 내가 그 애에게 내 취향을 멋대로 강요했다고 생각하지는 마. 나는 그 애에게 어떤 음악과 책, 영화가 어울리는지 알려주었을 뿐이야. 그런 건 걔보다 내가 더 잘 알고 있었거든. 따지고 보면 난 걔가 낭비했을지도 모르는 시간을 대폭 절약해 주었던 거야.

민아는 그 모든 것들을 너무나도 열심히 따랐어. 어떤 때는 내가 한 말을 수첩에 꼼꼼하게 적어놓고 일일이 확인해 가면서 말이야. 사장이 그런 모습을 봤다면 '거봐, 강아지라니까'라고 놀려댔을 거야. 민아는 정말 내 아파트와 내 삶에 적응하기 위해 자기가 가진 모든 걸 포기한 것 같았어. 그러나 따지고 보면 처음부터 그렇게 간절하게 지키고 싶었던 게 없었을지도 몰라.

아니, '거의' 없었다고 해야지. 민아가 내 아파트에 들어와서도 버리지 않은 것이 있었어. 그건 감정의 진실성에 대한 믿음과 그걸 구체적으로 표현하는 수많은 상징과 예식들이었어. 기념일을 지키는 건 당연했고 일상의 언어 속에 자잘한 은유와 상징들을 넣는 건 그보다 더 중요했어. 민아는 자신이 사랑에 빠졌고 그 사랑하는 사람과 연애 중이라는 사실을 우리 두 사람 모두가 꾸준히 인식하길 바랐어. 난 당연히 민아가 그럴 때마다 닭살이 돋는다며 질겁했지만 억지로 막지는 않았어. 단지 가끔 내 반응에 대한 기대치를 조금 낮추어 달라고 부탁했을 뿐이지. 이 정도면 나도 충분히 공평했다고 생각해.

민아의 진지함은 어느 순간부터 우리 관계의 장애가 되었어. 아냐, 이건 핑계야. 보다 정확히 말하면 우리 사이에 금이 가기 시작한 건 모두 내 비밀주의 때문이었어. 나는 끝까지 민아에게 솔직하지 못했어.

우리의 관계가 끝날 때까지 나와 내 직업에 대해 밝히지 못했지. 어떻게 그럴 수 있었겠어? 그런 건 쉽게 내릴 수 있는 결정이 아니잖아. 밝히면 개 머리에도 이식물을 박아야 하는데. 난 정말 그 사실을 밝힐 생각이 없었던 것도 아니었어. 조금씩 뒤로 미루었을 뿐이지.

이유가 뭐든 그러는 동안 우리 관계는 조금씩 흔들리기 시작했어. 민아는 내가 소개시켜 준 음악 동호회 사람들과는 잘 어울렸고 그중 친구들도 몇 명 사귀었지만 언제나 자길 멍청한 애완동물이라도 되는 듯 쳐다보며 키득거리는 여행사 사람들과는 거리를 두었어. 그런데 내 모든 비밀은 그 여행사 사람들과 관련되어 있었거든. 그 사람들과 마주칠 때마다 민아는 무시당하는 바보가 된 느낌이 들었을 거야. 그렇다고 그들과 만나지 않을 수도 없었어. 일 때문에 늘 내 아파트를 드나들었는걸. 게다가 다들 근처에 살고 근처에서 일했잖아. 민아 혼자만 신림동에 직장을 둔 국외자였다고.

토론토에 살던 엄마가 몇 년 만에 내 집을 방문했을 때 사정은 더 나빠졌어. 엄마가 우리 둘 사이를 뒤늦게 알아차리고 연속극에 나오는 아줌마들처럼 난리를 쳤다는 건 아니야. 엄만 장님이 아니었고 처음부터 나에 대해 알 만큼 알았어. 내가 사는 방식이 맘에 들든 맘에 들지 않든, 나에게 뭐라고 할 처지도 아니었고. 내가 회사에 취직한 뒤로 엄마와 아빠는 전적으로 내가 주는 용돈에만 의지하고 있었어. 별다른 능력도 없는 딸이 어떻게 매달 그렇게 많은 돈을 보낼 수 있었는지 궁금했겠지만 어떻게 된 거냐고 일부러 물어서 산통을 깰 생각은 전혀 없었겠지. 엄마는 그저 이전의 생활수준을 유지하는 것만으로도 고마울 뿐이었어.

하지만 엄마는 민아를 그렇게 높이 평가하지 않았고 그 감정을 특별히 숨기지도 않았어. 그 덕분에 몇 년 동안 완전히 잊혔던 네 이름이 다시 등장했지. 민아가 있는 앞에서 막 기억났다는 듯이 "참, 요새 수미는 어떻게 지내니? 직장은 좋은 데 다니고?"라고 묻는 거야. 민아가 반응을 보이면 친절한 아줌마 웃음을 지으면서 이러는 거지. "우리 은채랑 수미는 단짝 친구였어요. 늘 같이 붙어 다녔는데. 걘 참 모범생이었어요." 심지어 이런 식의 억지 쇼는 내가 너와 연락이 완전히 끊겼고 지금 뭐 하고 지내는지도 모른다고 못 박은 뒤에도 한동안 계속되었어.

네 이름을 들이대는 게 더 이상 먹히지 않자, 엄마는 이제 종교를 물고 늘어졌어. 엄마는 1997년에 가톨릭으로 개종했는데, 엄마를 아는 사람들은 그 소식을 듣고 모두 놀랐었지. 엄마가 모태신앙인 침례교에 충실했기 때문은 아니었어. 오히려 반대였어. 우리들 중 누구도 엄마가 개종이라는 성가신 일을 할 정도로 종교를 진지하게 생각하고 있다고는 상상하지 못했어. 내 생각엔 가톨릭이 형식적으로 더 아름다운 종교이고 내 무릎 부상과 아빠의 사업 실패 이후 갑작스럽게 증폭된 엄마의 이유 없는 죄책감을 개신교보다 능숙하게 포용할 줄 알았기 때문인 것 같아. 하여간 엄마는 대학 입학 이후 교회를 멀리했던 민아에게 왜 더 이상 교회에 다니지 않는지, 자기랑 같이 성당에 갈 생각이 없는지 묻기 시작했어. 민아가 대답을 찾지 못해 어쩔 줄 모르면, 기다렸다는 듯이 존경한다는 토론토의 한인 신부에 대한 이야기를 장황하게 늘어놓는 거지.

　엄마가 토론토로 돌아가자, 민아는 드디어 결심을 굳혔던 것 같아. 이제 자존심이 망가진 채 눌려 살지 않겠다고. 진심으로 박수칠 만한 일이었지만…… 문제는 그 순서가 잘못되었다는 거야. 민아의 첫 번째

선언을 맞은 사람들은 나나 여행사 사람들이나 토론 토로 돌아간 내 엄마가 아니었어. 그 사람들은 바로 오래간만에 딸을 방문했던 그 애의 부모였어. 독실한 개신교 신자였고 그렇게까지 상상력이 풍부하거나 포용력 넓은 사람들이라고 할 수 없었던 그 노인네들이 늦둥이 딸의 폭탄선언을 어떻게 받아들였을지 한 번 상상해 봐.

이틀 뒤, 민아는 내 아파트에서 사라졌어. 쪽지도 남기지 않았고 휴대전화는 먹통이었어. 난 나중에야 민아가 갑자기 직장을 그만두고 강릉으로 돌아갔다는 사실을 알았지만 알아낼 수 있는 건 그뿐이었어. 한동안 민아네 집에 전화를 걸 생각도 해봤고 심지어 그 집을 찾아갈 생각도 해봤지만 결국 실행에 옮기지는 못했어. 당시 우리 관계가 껄끄러웠던 것도 사실이었고 민아의 선택도 존중해 주어야 한다고 생각했기 때문이지. 난 정말 둔하기 짝이 없었어. 그 애가 자발적으로 떠난 거라면 결코 우리의 2주년을 그렇게 말없이 넘길 리 없고 좋아했던 마를레네 디트리히의 앨범들도 그냥 남겨두고 갈 리가 없다는 걸 알았어야 했는데.

21

9월 12일 오전 8시. 나는 청풍명월 DVD방 안에서 머리를 싸매고 고민 중이었어. 오안과 아이들은 옆의 소파 구석에서 꼬박꼬박 졸고 있었고 너는 구석에 있는 등 없는 의자에 눈을 감고 똑바로 앉아 있었어. 먼지가 더덕더덕 묻은 지저분한 스크린에는 〈여고괴담 두 번째 이야기〉의 확장판이 영사되고 있었어. 지난 몇 시간 동안 우리는 그 영화를 극장판, 음성 해설, 자막 해설, 확장판의 순서대로 봤어. 보다 정확히 말하면 그 영화를 틀어놓고 졸거나 딴짓을 한 거지만. 민아가 가장 좋아하는 영화였는데. 영화가 끝날 즈음이면 늘 펑펑 울어서 눈이 부어 있었어.

더 이상 부천에서 무슨 일이 일어났는지 묻어두는 건 의미 없는 일이었어. 앤서블은 끊겼고 전 세세 지부에서 문의 메일과 전화가 날아들고 있었어. 결국 나는 모든 상황을 설명하는 영문 메시지를 A4 용지 한 페이지 분량으로 작성해서 공식 홈페이지 게시판에 올렸어. 올리자마자 전 세계에 흩어져 있는 대행인 수백 명이 A4 용지 한 페이지 분량으로 내 게시물에 답글을 달았지만 나에겐 그것들을 하나하나 확인할 여력이 없었어. 그들 중 몇몇은 도우러 오겠다고 따로 메일을 보내왔어. 하지만 지원군이 무슨 소용이 있겠어? 그들이 비행기 타고 인천공항으로 날아오는 동안 해결사들이나 숙주들이 우릴 먼저 찾아내 난도질해 버릴 텐데. 우리가 그때까지 살아남는다고 해서 그들의 안전이 보장되는 것도 아니고.

차라리 앤서블을 부숴버릴까? 정말 그런 생각도 했어. 못 할 게 뭐 있어? 앤서블만 부수면 꼭두각시들은 더 이상 난동을 부리지 못할 거야. 관리국에 있다는 그 정체불명의 배신자도 우리에게 해를 끼칠 수 없을 거고. 내가 종종 포르노 대신 봤던 마자랑 젊은 이들의 구애 댄스, 킬로무와바두 행성 연합의 말더듬 코미디, 안나 카레니나와 브론스키가 빠지고 키티와 레빈만 남은 것 같은 내용의 바다붑 행성 일일 연속극, 둡 행성의 호화찬란한 음담패설, 캉웬창엔 행성의 바리톤 합창단이 부르는 장엄하고 우스꽝스러운 교훈가들, 무한 계정의 마자랑 컴퓨터에 옮겨놓고 앤서블을 통해 즐겼던 지구의 영화랑 음악, 책, 텔레비전 프로그램들과도 작별 인사를 해야겠지만 그 정도야 견딜 만했어. 돈이야 충분히 벌어놨으니 지금 우주 관광업에서 은퇴해도 다들 먹고살 만해. 지금까지 우리가 알아낸 테크놀로지들만 활용해도 지구를 뒤흔들 거물이 될 수도 있지. 최우선 지침에 신경 쓰지 않아도 되니 운신의 폭도 넓어지고.

하지만 문제가 그렇게 쉽게 해결될 리가 없었어. 일단 회사 금고실에 잔뜩 쌓인 시체들을 어떻게 처리해? 과연 관리국의 도움 없이 우리가 살인죄로 체포되지 않고 버틸 수 있을까? 해결사들은 어떻게 하고? 해결사들은 앤서블과 상관없이 독자적으로 움직여. 우리가 앤서블을 부수었다는 걸 그 사람들이 알게 되면 어떻게 될까? 그냥 죽는 게 아니야. 분명 우릴 산 채로 잘게 썰어서 자기네 애들 저녁 반찬으로 줄걸.

게다가 네 문제도 있었어. 통신이 끊어지면 넌 영원히 디폴트 상태로 남게 돼. 너를 구할 수 있는 유일한 방법은 우주연합의 도움을 받는 것이었어.

나는 탁자 위에 놓인 분해된 코어를 연구했어. 코어의 구조에 대해서는 아는 게 전혀 없었지만 못 고칠 것도 없을 것 같았어. 꼭두각시들은 코어의 인공지능까지 건드리지는 않았을 거야. 지구를 정복하려면 일단 해결사들을 통제해야 하니까. 그들이 한 건 방어 장치를 해제하고 인공지능과 주변 기기들의 연결선을 끊고 반탐지 장치를 달고 앤서블의 기능을 제

한한 것뿐이겠지. 그것도 모두 지구의 물건들을 이용해서 말이야. 그렇다면 이론상 지구의 물건처럼 보이는 것들을 코어에서 떼어내면 코어의 기능은 어느 정도 회복될 거야. 그 이론이라는 게 날라리 무용학도의 억측에 불과하다는 게 문제지만.

하지만 어느 것부터 어떻게 떼어내야 하지? 앤서블이 달려 있는 선 주변에 돌돌 말린 뱀처럼 생긴 기기는 아마 꼭두각시들이 앤서블을 독점하기 위해 달아놓은 걸 거야. 그런데 이걸 풀면 과연 앤서블이 원상 복구될까? 오히려 앤서블에 영구적인 손상을 가져오는 건 아닐까? 이게 외벽에 다닥다닥 붙어 있는 반탐지 장치와 연계되어 있는 거라면? 그래서 무언가를 하나 풀자마자 꼭두각시와 해결사들이 우르르 이 DVD방으로 몰려드는 거라면? 스캐너로 확인하고 싶었지만 내가 가지고 있는 기기 대부분이 그렇듯, 그것도 앤서블이 없으면 무용지물이었어. 그렇다고 무작정 도박을 할 수도 없었어. 내 목숨만 날아가는 거라면 상관없지만 옆에 애들이 둘이나 있잖아.

"운만 믿고 코어를 손볼 수는 없어요."

나는 오안이 내민 감자칩 봉투를 대신 뜯어주며 말했어.

"코어는 전문가 손에 맡겨야 해요. 그리고 전 우주에서 코어 전문가라고 할 수 있는 부류는 딱 두 종류밖에 없지요. 하나는 바로 저걸 직접 분해해서 내부를 연구한 꼭두각시들이고……."

"다른 하나는?"

오안이 생기 없는 목소리로 물었어.

"해결사들이요. 어떻게든 해결사들과 연락을 취해야 해요."

오안의 얼굴은 공포로 하얗게 질렸어. 그 변화가 너무 급작스러워 얼굴의 혈관에서 피가 빠져나가는 소리가 들릴 지경이었어.

"그 사람들은 남편을 죽였어요."

오안이 말했어.

"알아요. 하지만 이게 유일한 대안이에요. 우리만으로는 꼭두각시들을 상대하지 못해요. 사방으로 흩어진 대행인들은 아무짝에도 쓸모없어요. 믿을 만한 건 해결사들뿐이에요."

"그 사람들은 남편을 죽였어요."

"안다니까요. 제발 내가 말 좀 끝낼 수 있게 해줄래요? 해결사들은 시키는 대로 한 것뿐이에요. 사적인 감정은 없었어요. 해결사들에게 중요한 건 단 두 가지예요. 코어를 수호하는 것과 코어의 명령에 복종하는 것. 아시모프의 로봇들과 비슷하죠. 지금까지 해결사들이 대행인들을 죽였던 건 그게 코어의 명령이라고 믿었기 때문이에요. 그게 조작된 것이고 꼭두각시들이 코어를 파괴하고 있다는 사실을 설득할 수 있다면 해결사들은 우리 편이 될 거예요."

"설득하기 전에 죽일 거예요."

"그러지 않을걸요. 해결사들에게 마지막으로 떨어진 명령은 부천을 떠나거나 이상행동을 하는 대행인들만 죽이라는 거였어요. 꼭두각시들이야 모든 대행인들을 처리하라고 명령하고 싶었겠지만 그건 불가능했겠죠. 해결사들은 코어가 정상 상태를 유지하려면 대행인들이 일정 수 이상 살아 있어야 한다는 것을 아니까요. 그 '이상행동'의 범위가 어디까지인지는 몰라도 아주 넓지는 않을 거예요."

"우리는요? 나와 애들은 어떻게 해요?"

"전에 했던 대로 해요. 부천을 떠나지 말고 될 수 있는 한 사람 많은 곳에 가 있어요. 대중교통 수단은 이용하지 말아요. 그게 무엇이든 타자마자 해결사들에게 신호가 갈 테니까."

"걸어서 인천으로 피하는 건요? 여기서 그렇게 멀

지도 않은데."

"그러지 말아요. 분명 해결사들은 도주 가능한 모든 통로를 막아놨을 거예요. 해결사들은 명령을 받으면 정말 뭐든지 해요. 우리에게만 통하는 부비트랩 같은 걸 장치했을지도 몰라요. 모험하다 애들을 고아로 만들고 싶어요? 눈앞에서 엄마 죽는 꼴을 보여주고 싶어요? 아인스월드에도 가지 말아요. 시 경계선 근처에 있어서 위험하니까. 이 근처에서만 놀라고요. 부천에 놀 만한 데가 많지는 않지만 박물관도 몇 개 있고 백화점도 꽤 있잖아요."

"월요일인데요?"

"아, 그렇구나. 그래도 월마트나 홈플러스 같은 데가 있잖아요. 어떻게든 찾아봐요. 이 동네에서 하루 이틀 산 것도 아니고."

"당신 여자 친구는요?"

말문이 막혔어. 널 정말 어떻게 해야 하지? 다시 바기-지랑과 연결되려면 네가 옆에 있어야 했어. 하지만 해결사와 대면해야 하는 지금 무엇보다 중요한 건 기동력이었어. 디폴트 모드인 숙주를 끌고 다닐 때가 아니었어. 그렇다고 애들 챙기기도 바쁜 오안에게 너를 맡길 수도 없었어. 아직도 부천 어딘가에 있을 다른 동료들과 만나봐? 하지만 그 사람들이 꼭두각시 숙주가 아니라는 걸 어떻게 알고?

22

오전 10시 15분, 우린 청풍명월 DVD방에서 나와 홈플러스로 걸어갔어. 오안과 아이들이 맥도날드에서 이른 점심을 먹으며 종이 상자 안에 든 코어와 너를 지키는 동안 나는 안으로 들어가 코어를 담을 가방과 그걸 실을 만한 커다란 카트 한 개, 선글라스 네 개를 샀어. 코어는 여전히 분해된 상태였지만 어제와는 달리 다시 외피를 입고 있었어. 일부러 입히려고 했던 게 아니야. 외피가 든 양동이를 들고 가다 한 방울 정도를 코어 위에 엎질렀는데, 그 순간 알아서 전체가 쭈욱 빠져나오더니 코어를 둘러싸더라. 잘되었지. 정체불명의 금속성 액체가 든 양동이를 들고 다니며 걱정할 필요는 없어졌으니까. 어차피 내가 코어를 건드릴 수 있는 것도 아니었잖아.

오안이 코어를 종이 상자에서 꺼내 가방에 담고 그걸 카트에 고정하는 동안 나는 불필요한 장비들과 코어의 남은 부속품들을 사물함 두 개에 나누어 담았어. 남겨놓은 건 손전등 총 아홉 개, 지구 방위대 광선총 두 개, 좁쌀만 한 나노 카메라 다섯 개, 코어가 개조한 좀비 마스터용 PDA 두 개, 그리고 내 NDS였어. 나는 새로 산 선글라스의 왼쪽 렌즈에 나노 카메라를 하나씩 부착한 뒤 사람들에게 나누어주고 PDA 한 개와 광선총 한 개, 손전등 총 세 개를 오안에게 넘겨주었어. 각자의 PDA가 카메라들이 보낸 정보를 수신하는 걸 확인하고 이식물 송수신기의 채널을 열어둔 뒤, 우린 헤어졌어. 오안과 아이들은 장난감 가게가 있는 위층으로 사라졌고 너와 나는 1층의 여자 화장실로 들어갔어.

나는 너의 안경을 벗겨 나노 카메라를 붙인 뒤 다시 씌웠어. 그런 다음 PDA로 카메라가 작동하는 걸 확인한 뒤 숙주 조종 프로그램을 열었지. 좀비 마스터 노릇을 그만둔 지도 꽤 오래되어서 사용법이 가물가물하긴 했지만 그래도 난 몇 가지 기초 행동을 명령어들과 결합하는 데 성공했어. 내가 이식물 송수신기로 '총'이라고 외치면 자동적으로 손전등 총을 꺼내 앞에 있는 사람을 쏠 수 있는 정도는 되었지. 손전등 총의 출력은 상대방을 넘어뜨리기만 할 수 있을 정도로 낮추었어. 엉뚱한 희생자를 내서는 안 되니까.
모든 준비가 끝나자, 나는 너에게 소변을 보게 했어.
변기 물을 내리고 네 손과 얼굴을 씻기고 구강청결제
로 입안을 헹구게 하고 머리를 다듬어준 다음 너를
홈플러스 건물 밖으로 내보냈어. 너는 카트를 끌고
시청 방향으로 걸음을 옮기기 시작했어. 오른발을 옮
기는 데 1초, 왼발을 옮기는 데 1초. 빨간불이면 일단
정지. 파란불이면 다시 걷고. 너의 육체는 프로그램된
기계였어.

　네가 횡단보도를 건너 사람들 사이로 사라지자 나
는 송내역 쪽으로 갔어. 중간에 청풍명월 DVD방이
있던 건물 앞에 들러 전날 밤에 가지고 와 묶어두었
던 자전거들 중 하나를 끌러 탔어. 어제 사무실에서
나올 때 내 재블린도 가져왔어야 하는 건데. 하지만
그때는 가지고 갈 물건들과 보살펴야 할 사람들이 너
무 많아서 바구니도 없는 자전거를 끌고 갈 여력이
없었어. 그렇다고 몸에 익은 자전거를 찾으러 다시
사무실에 갈 수도 없었고.

　나는 둘리 동상 앞에 멈추어 서서 PDA를 켜고 내
카메라의 망원 기능을 이용해서 송내역 계단을 훑
어봤어. 해결사 한 명이 서 있는 게 보였어. 그 사람

이 쓰고 있는 뚜껑 없는 자외선 차단 모자 부분을 확대했어. 머리띠 왼쪽 구석에 붙어 있는 스티커는 또치였어. 사병이란 뜻이지. 사병과 만나는 건 약간 위험했어. 자기 생각 없이 위에서 시킨 일만 하니까. 판단 권한이 있는 장교 다섯 중 한 명과 만나는 게 안전했어.

송내역을 담당하는 해결사들은 모두 사병이었어. 난 자전거를 타고 중동역으로 갔어. 그곳을 지키고 있는 해결사들도 둘리와 도우너 스티커를 달고 있었어. 다음 목적지는 부천역이었어. 부천역에도 사병밖에 없다면 소사역까지 가야 하는 걸까? 부천역에 장교가 없다면 소사역에도 없을 게 뻔한데.

난 자전거를 북부 광장 가드레일에 묶어놓고 주변을 둘러봤어. 어디로 가야 할까? 중동역이나 소사역과는 달리 부천역의 구조는 이마트와 지하상가가 연결되어 복잡했어. 해결사들을 찾아 들어갔다가 뒤에서 공격을 받을 가능성이 컸어. 어제도 오안이 죽을 뻔했잖아. 한 일이라곤 고장난 숙주를 데리고 근처 지하상가에 간 것밖에 없었는데.

난 잠시 망설이다가 이를 악물고 에스컬레이터를 탔어. 에스컬레이터에서 빠져나오자마자 창에 등을 붙이고 주변을 탐색했어. 해결사 한 명이 보였어. 이번에도 둘이었어. 사병의 시선이 나에게 오기 전에 이마트 안으로 뛰어 들어갔어. 에스컬레이터를 타고 지하상가로 내려가 주변을 둘러봤어. 잠시 뒤 내 시야에 해결사임이 분명한 사람이 눈에 들어왔어. 자외선 차단 모자에는 고길동 스티커가 붙어 있었지. 드디어 장교를 발견한 거야. 심지어 그 사람은 월급 관련 업무 때문에 회사와 직접 접촉이 있는 사람이었어. 이름도 기억났어. 채영희. 은이 엄마.

나는 손전등 총을 꺼내 양손에 하나씩 쥐고 은이 엄마에게 다가갔어. 그 사람은 내가 10미터 정도 접근했을 때 내 존재를 알아차렸어. 손에 들린 손전등 총들을 보자 얼굴이 굳어진 은이 엄마는 내가 뭐라고 말을 할 기회도 주지 않고 주머니에서 총을 뽑았어. 플립형 휴대전화 안에 카메라 대신 넣은 숙주 제압용 신경 총은 바로 내가 몇 주 전에 코어에게서 받아 해결사들에게 배포한 것이었어. 이식물 차단 기능을 상살용으로 전환하는 준비 손동작만 봐도 그 사람이 날 죽이려고 한다는 걸 알 수 있었어. 도대체 명령의 강도가 얼마나 높았던 걸까? 지하상가에 들어갔다고 다들 부천을 떠난다는 법이 어디 있어? 개껌 사러 천

원상점에 가는 길일 수도 있잖아.

다행히 처음부터 손전등 총을 준비했던 나의 반응이 더 빨랐어. 나는 왼손에 든 손전등 총을 들고 은이 엄마를 쏘았어. 펑 하는 소리와 함께 그 사람은 뒤로 튕겨나갔어. 잠시 허공에 뜬 은이 엄마는 공중에서 한 바퀴 돌더니 완벽하게 균형을 잡으며 바닥에 착지했어. 나는 아직도 신경 총을 쥐고 있는 은이 엄마의 오른손을 겨냥하고 한 방 더 쏘았어. 휴대전화가 손아귀에서 빠져나와 KFC 매장 안으로 날아 들어갔어.

그 사람이 일어나려고 하자 나는 손전등 총을 내려놓고 외쳤어.

"대화 요청!"

"정지."

은이 엄마가 조용한 목소리로 말했어. 시선은 내 얼굴이 아니라 어깨 너머를 향하고 있었어. 나는 손전등 총을 천천히 들어올리며 서서히 옆으로 빠져나왔어. 둘리와 도우너 스티커를 붙인 사병 둘이 휴대전화를 들고 아까만 해도 바로 내 등 뒤였던 위치에 서 있었어.

그러는 동안 사람들은 거의 우리를 주목하지 않았어. 가끔 남자 몇 명이 나를 흘낏 훔쳐보고 지나갔지만 그건 얼굴 반반한 젊은 여자들에 대한 일반적인 반응에 불과했어. 어제도 그랬지만, 몇 초 전까지만 해도 외계 무기를 사용한 총격전이 벌어졌는데도 지하상가 사람들은 전혀 눈치채지 못하고 있었던 거야.

보통 해결사들이라고 하면 사람들은 젊은 근육질 남자들을 상상해. 하지만 코어에게 육체적 강인함은 중요하지 않아. 신경계만 다시 깔면 아놀드 슈왈제네거나 케이트 모스나 특별히 차이가 날 게 없거든. 덩치 큰 남자들은 오히려 주변의 시선만 끌 뿐이야. 중요한 건 근력이 아니라 익명성과 사고 구조야.

심사숙고 끝에 코어가 선택한 건 부천과 인천에 사는 노동자 계급의 중년 여성들이었어. 일단 이들은 육체적으로 눈에 잘 띄지 않고 내구성이 강해. 정신적으로는 더욱 이상적이지. 빈약한 상상력, 철저한 가족중심주의, 냉정한 현실주의, 그럼에도 불구하고 어떤 말도 안 되는 주장이라도 일단 믿으면 끝까지 가는 충성심.

이들을 모으기 위해 우린 주변의 개신교 교회들을 이용했어. 사장과 사장의 친구들은 교회 안에서 사람들을 포섭하거나 개척교회 전도사인 척 행세하고 돌아다니며 아줌마들을 모았어. 한마디로 해결사들은 코어교의 신자들이었어. 뻔뻔스럽다고? 아니, 왜? 우린 대한민국의 어떤 종교 단체보다 정직해. 다른 교회에서는 신도들의 돈을 받아먹으며 보이지도 않는 신과 효과도 장담 못 하는 지상의 복을 팔지. 하지만 우린 신도들에게 넉넉한 월급을 주고 무병장수를 보장해 주고 분명히 확신할 수 있는 진실만 이야기하며 만지고 쓰다듬을 수 있는 숭배의 대상까지 줘. 너라면 누굴 택하겠니?

23

나와 은이 엄마는 이마트 5층에 있는 할리스로 들어갔어. 에스컬레이터를 타고 올라가는 동안에도 우린 서로에게 손전등 총과 휴대전화를 겨누고 있었어. 은이 엄마는 그러는 동안에도 아주 가식적인 미소를 짓고 있었는데, 그 때문에 더 무서워 보였어.

우린 카페라테를 하나씩 들고 빈 테이블을 골라 마주 앉았어. 의자에 앉은 뒤로 1분 동안 서로의 눈과 무기를 쏘아보기만 했어. 어떻게 이야기를 시작해야 할지 알 수 없었어.

"지금 사태는 조작된 거예요."

마침내 내가 먼저 입을 열었어.

"코어는 기만당하고 있고 그 때문에 지금 위험해요. 마지막으로 받은 명령은 코어에게 해만 끼칠 뿐이에요."

"증명할 수 있습니까?"

은이 엄마가 물었어. 이 짧은 문장은 중학교만 간신히 졸업하고 20년 넘게 시장 밑바닥에서 일한 아줌마의 언어나 사고방식과는 전혀 어울리지 않았어. 하지만 해결사들은 모두 명료한 논리와 절차를 따르게 프로그램되었어. 전혀 아줌마 같지 않은 문장이었지만 너무나도 해결사다운 요청이었던 거야.

나는 PDA를 꺼내 해체된 코어의 사진들을 보여주었어. 은이 엄마는 잠시 그걸 바라보더니 고개를 흔들었어.

"조작된 것일 수도 있습니다."

그리고 내가 이렇게 당신을 설득하려고 하는 것은 그들이 지정한 이상행동들 중 하나일 수도 있겠지. 난 정말 걱정되었어.

"당신들이 알고 있는 것을 말해봐요."

내가 말했어.

"거부하겠습니다. 이야기하면 그 정보를 아가씨가 이용할 수도 있어요."

"그럼 제가 먼저 이야기하겠어요. 듣고 나서 사실일 가능성이 얼마나 될지 계산해 봐요."

그리고 나는 은이 엄마에게 내 이야기를 들려주었어. 수수께끼의 고객이 왔을 때부터 어제 내가 꼭두각시와 접촉했을 때까지 일어난 모든 일을. 꽤 긴 이야기였지만 그 사람은 끝날 때까지 조각처럼 꼿꼿이 앉아 있었어.

"그 이야기는 우리가 알고 있는 상황 정보와 모순되지 않아요."

은이 엄마는 잠시 생각하다 입을 열었어.

"하지만 우리가 받은 명령이나 그와 관련된 상황 정보들이 거짓이라는 증거도 되지 않습니다."

"그럼 그쪽에서 알고 있는 이야기가 무엇인지 들려줘요. 전 이미 제 이야기를 했잖아요."

은이 엄마는 조금도 움직이지 않고 똑바로 앉아 내 눈을 바라보았어.

"좋습니다. 들려드리지요. 아가씨도 인정했듯이 사장과 회사는 불순한 의도를 가진 외계인 집단과 연합해서 코어 님과 우주연합을 배신하려 했습니다. 앤

175

서블을 발명하고 코어 님의 독점권을 파괴하려 했지요."

독점권 파괴. 맞아, 그게 해결사들에게 얼마나 끔찍한 아이디어로 들릴지 완전히 잊고 있었어. 기독교에 비유하면 마치 예수가 신의 아들이 아니라는 소리와 같잖아.

"코어 님께서는 모든 음모를 엿듣고 저희에게 도움을 요청하셨습니다. 그때부터 저희는 대행인들과 외계인 집단의 수상쩍은 행동을 감시했습니다. 그리고 그저께 일이 터졌습니다. 사장의 명령을 받는 대행인들과 코어 님을 섬기는 대행인들 사이에서 총격전이 벌어졌습니다. 수많은 사람이 죽었고 사장은 코어 님을 납치했습니다. 코어 님은 통신이 끊어지기 전에 명령하셨습니다. 대행인들과의 전쟁이 시작되었다고요. 우리는 부천을 떠나거나 부천으로 들어오는 모든 회사 사람들을 처형하고 그밖의 이상행동을 저지하라는 명령을 받았습니다."

아, 이건 생각보다 곤란했어. 은이 엄마와 이야기하기 전까지만 해도 난 코어의 안전에 대해 물고 늘어질 생각이었어. 하지만 알고 봤더니 사태는 훨씬 종교적이었단 말이야. 해결사들은 코어의 독점권이

파괴당하는 걸 맨눈으로 보으니 차라리 코어를 파괴
할 판이었어.

"그 정보는 이상해요."

나는 반론을 시도했어.

"그저께 점심쯤에 코어와 연결이 끊어진 건 사실이
에요. 하지만 그건 자발적 침묵이었어요. 실제로 코어
가 무력화되고 통신이 끊긴 건 어젯밤부터였어요."

"어떻게 그걸 증명하겠습니까?"

다시 막히고 말았어. 은이 엄마는 코어가 했다는
말들을 무조건 진리로 믿고 의심하지 않을 테니 말이
지. 코어의 신성에 도전하는 것은 위험했어. 우회로가
필요했어. 하지만 어떤 우회로? 한 가지 방법이 떠올
랐어.

"사실을 확인하는 방법은 하나밖에 없어요. 직접
코어를 만나는 것이죠. 지금 코어는 제 동료와 함께
있어요. 믿을 만한 사병 둘만 데리고 저를 따라와요.
코어가 다시 의사소통을 할 수 있도록 고쳐보자고요.
그러고 나서 코어와 직접 이야기해 봅시다. 만약 그
게 여러분이 생각하는 것처럼 사장의 음모라면 그때
부터 행동해도 늦지 않아요. 한번 생각해 봐요. 제 이
야기가 맞아도 코어의 신성이 위협당하는 건 마찬가

지예요. 코어가 악의를 품은 외계인들에게 독점당하는 상황을 생각해 봐요."

마지막 두 문장은 분명히 먹혔어. 지금까지 조각상처럼 꿈쩍도 하지 않았던 은이 엄마의 얼굴이 갑자기 부르르 떨렸으니 말이야.

"한 번만 믿겠습니다."

은이 엄마가 말했어.

나는 은이 엄마와 악수를 하기 위해 손을 내밀었어. 은이 엄마는 내가 내민 손을 엄지와 검지로 살짝 잡고 흔들었어.

"그래, 은이는 학교 잘 다니나요?"

난 예의상 덧붙였어.

"네에…… 얼마 전에는 상도 탔어요."

말투가 살짝 풀어지는 게 느껴졌어. 해결사 모드에 원래의 아줌마 말투가 살짝 묻어나고 있었어. 물론 완전히는 아니었지. 의무와 믿음이 먼저니까. 그래도 그 바위같이 딱딱했던 얼굴에 자랑스러운 엄마의 표정이 겹쳐지는 게 보기 좋았어. 안심되기도 하고.

"선화예고에 다닌다고 했죠? 저도 거기 다녔어요. 통학하기엔 멀지 않나요?"

"그렇지 않아도 애가 불평해서 바깥양반이 그 애

고모네 집을 알아보고 있어요."

무장해제는 이것으로 충분했다고 생각했는지, 은이 엄마의 목소리는 다시 딱딱해졌어. 우리는 다시 각자의 무기와 커피를 챙겨 들고 자리에서 일어났어.

우리는 다시 1층으로 내려왔어. 나는 반쯤 마시다 만 커피를 컵과 함께 그냥 쓰레기통에 버렸지만 은이 엄마는 남은 걸 거의 숭늉 들이키듯 꿀꺽꿀꺽 마시더니 빈 컵을 메고 있던 금순 할매 가방 속에 넣었어.

밖으로 나가자 나는 PDA로 네 위치를 확인했어. 네가 보통 숙주였다면 네 위치가 관리 프로그램의 지도 위에 파란 점으로 잡혔을 거야. 하지만 바기-지랑이 네 몸에 들어와 맨 처음 한 일은 추적 장치를 끄는 것이었어. 정체불명의 침략자에게 쫓기는 동안 위치를 노출하면 안 되니까 말이지. 네가 디폴트 모드 상태에서 부천 시내를 방황하는 동안에도 추적 장치는 꺼져 있었어. 그러니 지금 상태에서 너와 코어의 위치를 확인하는 방법은 너의 안경에 붙어 있는 나노 카메라가 보내오는 정보를 활용하는 방법밖에는 없었어.

30초 만에 난 네가 전송하는 영상에서 단서를 찾았어. 그건 부천시 체육관 건물이었어. 너는 홈플러스

179

주변을 맴도는 대신 계속 북쪽으로 올라가고 있었어.

나와 은이 엄마는 북부역 광장에서부터 자전거를 타고 서쪽으로 갔다가 전화국 사거리에서 북쪽으로 꺾었어. 부천대학 사거리를 가로질러 GS스퀘어로 갔고 거기서부터 시청에 도착할 때까지 서쪽으로 갔다가 다시 북쪽으로 올라갔지. 그러는 동안 너는 약대 주공아파트 단지를 대각선으로 가로질러 삼정동성당을 향해 걸어가고 있었어. 우리가 GS스퀘어 부근의 울퉁불퉁한 자전거 도로에서 페달을 밟고 있는 동안 아인스월드 근처에서 자전거를 몰며 순찰하던 두 사람의 사병이 은이 엄마의 명령을 받고 주변을 뒤지다 주공아파트 단지 안으로 들어가는 너를 발견했기 때문에 그 뒤부터는 추적이 쉬웠어. 우린 결국 농협 앞에서 너를 잡을 수 있었어.

은이 엄마 일행과 나는 너를 데리고 헐어빠진 주공아파트 단지로 돌아왔어. 부천의 모든 아파트 단지들이 그렇듯, 그곳에도 우리가 숙주용으로 사용하는 숙주용 아파트가 몇 집 있었어. 우린 그중 가까운 곳으로 들어갔어. 당시 숙주들은 대부분 살해당했거나 꼭두각시들에게 몸을 빌려주고 있거나, 침략 과정 중 일어난 오작동 때문에 고장 나 부천 시내를 방황하는 중이어서 이런 아파트들은 대부분 비어 있었어. 방 안 곳곳에 숨어 있는 감시장치 때문에 은신처로는 쓸모가 없었지만.

3층에 도착하자 은이 엄마는 너한테서 카트를 빼앗았어. 사병 하나가 나머지 부품들을 가져오기 위해 나가고 나머지 한 명이 휴대전화를 들고 너와 나를 감시하는 동안 은이 엄마는 카트에서 코어를 꺼내 커피 테이블 위에 올려놓았어. 코어를 바라보는 은이 엄마와 사병의 얼굴은 존경심으로 녹아버릴 것만 같았어.

은이 엄마는 일단 화장실에서 세숫대야와 바가지를 가져왔어. 세숫대야를 커피 테이블에 올려놓고 그 위에 바가지를 뒤집어 얹은 다음 거기에다가 코어를 올려놓더라. 다음에는 메고 있던 가방을 내려놓더니 콤팩트, 물먹는 하마, 살상용 주사기, 은이 콩쿠르 사진들이 든 비닐 봉투, 부녀회 전단지, 빈 종이컵 사이에 끼어 있던 작은 필통만 한 연장 세트를 꺼냈어. 그 안에서 가느다란 스크루 드라이버 비슷한 걸 꺼낸 은이 엄마는 그 연장 끝으로 코어의 적도 부분을 푹 찔렀어. 연장은 한 10센티미터 정도 안으로 들어갔고, 1, 2초 뒤 갑자기 코어의 표면이 녹은 버터처럼 붕괴

되기 시작했어. 잠시 뒤 코어의 외피는 세숫대야 밑으로 가라앉았어. 코어를 지탱하는 바가지는 예상외로 안정적이었는데, 그건 녹은 외피가 안으로 스며들어 바가지 내부와 밀착하는 작은 산을 만들었기 때문이었어.

예상외로 은이 엄마는 당장 수리 작업에 들어가지 않았어. 얼굴은 이전처럼 무표정했지만 이 사람이 당황하고 있다는 걸 눈치채는 건 어렵지 않았어. 분명 뭔가 잘못되었던 거야. 그게 뭘까?

나는 은이 엄마의 머리 너머로 흘낏 코어 내부를 훔쳐봤어. 그 이유를 알 것 같았어. 코어의 내부 모양은 이전과 달랐어. 얼마 전에 내가 분해된 코어를 〈제다이의 귀환〉에 나온 두 번째 죽음의 별에 비교했지? 이전의 코어는 미완성의 건축물과 같았어. 하지만 현재 코어의 내부는 해부한 생물체 같았어. 구조물들이 훨씬 부드럽고 유기적으로 결합되어 있었고 모두 한쪽 벽에 몰려 있었어. 이전의 형태를 유지하고 있는 건 중앙의 코일과 거즈로 싼 앤서블뿐이었어. 아침에도 이랬던가? 아니, 이 정도까지는 아니었어. 하지만 아침의 구조가 전날 밤의 구조와 같았다고 확신할 수도 없었어. 내가 주의해서 본 건 코어 내부에 달라붙어 있던 꼭두각시들의 수제 기계들이었지, 코어 자체의 구조가 아니었어.

한참 망설이며 내부를 관찰하던 은이 엄마는 내 열쇠를 들고 홈플러스에 갔던 사병이 나머지 부속들을 가지고 돌아오자 작업에 들어갔어. 하긴 다른 방법이 없었어. 자신이 알고 있는 방법으로 '코어 님'을 구출하는 수밖에.

은이 엄마는 먼저 앤서블을 싼 거즈를 잘라냈어. 그다음에는 사무실에서 쓰는 수정액으로 꼭두각시들이 달아놓은 장치들을 모두 하얗게 칠했어. 수정액이 다 마르자, 은이 엄마는 콩알만 한 작은 기계를 하나 꺼내더니 거기서 가느다란 전선들을 여덟 가닥 뽑아 수정액이 묻은 기기마다 연결했어. 연결이 끝나자 그 기계는 앤서블과 함께 서서히 빨갛게 달아오르더니 갑자기 픽 하고 꺼져버렸어. 맨 처음엔 희미한 푸른 색이었던 앤서블은 여전히 붉은 루비 빛깔을 유지하고 있었어. 앤서블이 안정된 것이 확인되자 은이 엄마는 꼭두각시들의 기기들을 뜯어냈어.

"된 건가요?"

내가 물었지만 은이 엄마는 여전히 입을 꼭 다물고 앤서블을 노려보고만 있었어. 난 대답 듣는 걸 포기하고 내 방식대로 알아보기로 했어. 이식물을 작동시켜 마자랑의 내 컴퓨터와 연결해 보기로 한 거지. 처음 세 번의 시도는 실패였어. 하지만 네 번째 시도했을 때 신호음과 함께 내가 보냈던 아파트 샹들리에의 이미지가 다시 내 두뇌로 전송되어 왔어. 성공이었어. 앤서블과 중성미자 송수신 장치는 이제 정상적으로 작동하고 있었어.

그렇다면 코어는? 아직은 아닌 것 같았어. 하지만 앤서블이 작동하는 것만으로도 충분했어. 나는 PDA를 꺼내 좀비 마스터 프로그램을 연 뒤 네 이름을 클릭하고 빈칸에 바기-지랑의 접속 번호를 한 글자씩 써넣었어. 번호를 저장해 놨다면 더 빨랐겠지만 넌 기존 숙주가 아니었으니 어쩔 수 없었지.

접속 번호를 구성하는 열두 자리 숫자들 중 아홉 자리 수까지 쳤을 때, 갑자기 코어가 진동하기 시작했어. 한 5초 동안 목욕한 개처럼 요란하게 떨던 코어는 붕 하고 바가지 위로 떠올랐어. 해결사들은 모두 일제히 일어나 기도라도 하는 것처럼 코어를 향해 양손을 뻗었어. 우릴 감시하는 해결사는 여전히 한쪽 눈으로 우릴 훔쳐보며 총을 겨누고 있었지만.

갑자기 누군가가 내 등을 살며시 쳤어. 너였어. 나

는 거의 기계적으로 네 왼손을 내려다봤어. 다섯 손가락이 천천히, 그러나 분명하게 파도치듯 굽이치고 있었어. 나는 PDA를 훔쳐봤어. 내가 완전히 채우지 못한 나머지 세 자리가 마저 채워져 있었어. 바기-지랑이 다시 네 몸에 들어온 거야.

"제 생각이 맞았어요. 관리국 내부에 배반자가 있었어요."

내가 속삭였어.

"알고 있어요."

바기-지랑이 대답했어.

"누군지도 알아요?"

"알고 말고요. 얼마 전까지 이야기까지 하다 왔는 걸요. 지금은 그게 비밀도 아니에요."

"체포되었나요?"

"아뇨, 사정은 그것보다 복잡해요. 저길 봐요!"

그 순간, 바가지 밑에 모여 있던 외피가 쭉 빠져나와 용오름이라도 하는 것처럼 코어를 향해 올라갔어. 외피를 뒤집어쓴 코어는 순식간에 원래의 모습을 되찾았어. 하지만 홈플러스에서 어렵게 찾아 온 자잘한 부속품들은 여전히 커피 테이블 위에 굴러다니고 있었어. 그중 몇 개는 외피 바로 밑에 놓여야 하는 금속

골격들이었어. 뭐야, 더 이상 골격이 필요하지 않다는 거야?

"총 꺼내요."

바기-지랑이 속삭였어.

"네?"

"총 꺼내요. 댁이 어떻게 해결사들을 구워삶았는지 몰라도 저 사람들, 곧 우릴 죽이려 들 거예요."

"도대체 왜요?"

"괜히 시간 끌지 말고 당장 총 꺼내라니까!"

나는 주머니에서 더듬더듬 손전등 총을 꺼내 쥐었어. 코어는 여전히 공중에 떠 있었고 해결사들은 이전처럼 기도 자세였어. 바뀐 건 아무것도 없었어.

그때 바기-지랑이 믿을 수 없는 짓을 했어. 갑자기 양손으로 손전등 총을 집어들더니 왼쪽 총으로는 우릴 감시하던 해결사를, 오른쪽 총으로는 코어를 쐈던 거야. 해결사가 쓰러지는 동안 공중에 떠 있던 코어는 바람에 밀린 범선처럼 맞은편 벽에 부딪히더니 바닥에 떨어졌어. 다시 외피가 스르르 녹아 바닥에 고였고 코어는 내부를 드러냈어. 은이 엄마와 다른 해결사는 놀란 모양이었지만 그렇다고 머뭇거리지도 않았어. 순식간에 그 사람들이 손에 쥐고 있던 두 개

186

의 휴대전화 렌즈가 우릴 향했어.

"멈춰요! 조금이라도 움직이면 코어를 파괴해 버리 겠어!"

바기-지랑은 출력을 최고로 높인 손전등 총을 코 어에 겨누며 외쳤어. 해결사들은 그 순간 얼음땡이라 도 하는 것처럼 딱 정지했어. 단지 분노가 가득 찬 눈 으로 우릴 쏘아보기만 할 뿐이었어.

"도대체 뭐 하는 거예요?"

내가 물었어.

"설명할 시간이 없어요. 총으로 코어를 겨누고 있 어요. 앤서블을 꺼내야 해요."

내가 명령에 따르자, 바기-지랑은 코어를 향해 다 가갔어. 한 손을 코어 안에 쑤셔 넣더니 다짜고짜 앤 서블을 잡아 뽑더라. 코어의 나머지는 어떻게 되든 상관없다는 식이었어.

"그게 앤서블인지 어떻게 알았어요? 처음 보는 게 아니었어요?"

내가 물었어.

"안테나에 붙어 있는 게 저것밖에 없잖아요."

바기-지랑은 무덤덤한 목소리로 대답했어. 뭐 그 렇게 싱거운 질문이 다 있느냐는 투였어.

"하지만 도대체 왜 그러는 거예요?"

"왜 그러냐고요? 그건 바로……."

그 순간 내 눈을 믿을 수 없는 또 다른 일이 일어났어. 코어의 내부에서 금속성의 긴 원숭이 팔 비슷한 게 튀어나오더니 바기-지랑의 손에서 앤서블을 잡아챈 거야. 앤서블을 다시 자기 품 안에 집어넣은 코어는 전속력으로 베란다를 향해 굴러가기 시작했어. 그와 함께 바닥에 고여 있던 외피도 그 뒤를 따랐어. 요란한 소리와 함께 방충망이 뜯겨 나갔고 코어와 외피는 열린 문을 통해 밖으로 날아가 버렸어.

24

아파트 안에 있던 사람들은 모두 베란다 쪽으로 뛰어갔어. 중간에 외피를 다시 뒤집어쓴 코어는 아직도 공중에 떠 있었어. 잠시 뒤 바닥에 닿은 코어는 동쪽으로 움직였어. 마치 굴러가는 것처럼 보였지만 정말 굴러가는 건 아니었어. 땅에서 한 1센티미터 정도 떨어진 상태에서 날아가고 있었지. 다행히 속도는 그렇게까지 빠른 편이 아니었어.

생각할 여유 따위는 없었어. 우리 다섯 사람은 일제히 계단을 향해 달려갔어. 우리가 아파트 건물에서 빠져나왔을 때, 코어는 벌써 사거리의 횡단보도 앞에 도착해 있었어. 나와 해결사들은 옆에 세워놓은 자전거를 타고 코어를 향해 달려갔어. 다행히 우리가 자전거를 챙기는 동안 코어는 움직이지 않았는데, 그건 신호등이 빨간색이었기 때문이었어(농협 앞 횡단보도로 가지 않았던 게 우리에겐 행운이었지. 그쪽엔 신호등이 없으니까)! 우리가 아파트 단지에서 막 빠져나온 순간 불은 파란색으로 바뀌었고 코어는 횡단보도를 건넜어. 물론 우린 신호 따위 지키지 않고 그 뒤를 따랐어. 내가 맨 뒤였어. 해결사들의 몇백만 원짜리 고급 자전거와 내 10만 원짜리 아줌마 자전거는 시작부터 경쟁 상대가 아니었어. 게다가 다들 어쩜 그렇게 그 짧은 다리들을 빨리 굴리던지! 나도 숨이 끊어져라 페달을 밟았지만 거리는 쉽게 좁혀지지 않았어.

코어는 횡단보도를 건너자 행인들과 노점상들 사이를 교묘하게 빠져나가며 계속 북쪽으로 올라갔어. 삼정초등학교를 지나 청기와식당에 도착하자 길을 건너는 대신 오른쪽으로 꺾어졌고 중간에 또 골목으로 빠졌어. 우린 그걸 또 계속 따라갔고.

그러는 동안 코어를 추적하는 사람들은 한 명씩 늘어났다. 처음 추적에 가담한 사람들은 근처에 있었던 해결사들임이 분명했어. 하지만 삼정초등학교 부근에 이르자 숙주들이 한 명씩 끼어들었어. 몇 명은 그냥 달렸고 몇 명은 근처 가게에서 강탈한 게 분명한 자전거를 몰고 있었어. 드디어 꼭두각시들도 코어의 위치를 알아냈던 거야. 적어도 내 눈엔 그렇게 보였어.

코어가 골목에서 빠져나와 삼정초등학교의 운동장 안으로 날아 들어갔을 때, 본격적인 전쟁이 시작되었어. 사람들은 아직도 안에 모여 있던 아이들의 비명엔 전혀 신경도 쓰지 않은 채 우르르 운동장 안으로 들어갔어. 목표는 단 하나였어. 코어를 상대편보다 먼저 잡는 것.

그 뒤에 운동장에서 벌어진 난장판을 어떻게 설명하면 좋을까? 그건 마치 수십 명의 사람들이 같은 운동장에서 다른 게임을 하는 것 같았어. 폴로, 럭비, 레슬링, 퀴디치……. 그게 뭔지 알게 뭐야. 그러는 동안 운동장에 뛰어드는 사람들의 숫자는 늘어만 갔어. 코어는 계속 미꾸라지처럼 사람들의 손에서 미끄러져 가며 사방으로 튀었어. 몇몇 숙주들은 코어를 잡는 걸 포기하고 다른 숙주들과 해결사들에게 돌을 던지기 시작했어.

한동안 교문 근처에 자전거를 세워놓고 멍해져서 그 난장판을 바라보던 나는 뭔가 잘못되었다는 사실을 알아차렸어. 내가 보고 있던 건 꼭두각시들과 해결사들이 벌이는 일대일 전쟁이 아니었어. 그랬다면 저렇게 난장판일 수 없었겠지. 숙주들은 전혀 단합이 되어 있지 않았거든. 그리고 가이드 노릇을 몇 년째 하다 보면 숙주의 몸을 뒤집어써도 이 외계인들의 원래 육체가 어떤지 대충 짐작하게 되는데, 이들은 결코 같은 종이 아니었어. 다리를 나란히 모아 캥거루처럼 방방 뛰며 코어를 향해 손을 뻗는 빨강 트레이닝복 아저씨의 조종자는 단족도약족이 분명하지. 반대로 고릴라처럼 허리를 숙이고 양손을 최대한 지면에 가깝게 늘어뜨리고 걷는 대머리 아저씨의 조종자는 사족 보행족일 가능성이 커. 꼭두각시들은 수많은 종류가 있지만 지구를 침략한 자유 꼭두각시들은 모두 이족 보행족이었어. 그게 우주선 표준이었으니까. 저들 모두가 꼭두각시들일 수는 없었어.

내가 보고 있던 건 우주전쟁이었어. 수많은 외계종족들이 삼정초등학교의 운동장에 모여 우주의 운

명(그것이 무엇이든)을 건 전쟁을 하고 있었던 거야. 흙
투성이가 된 채 서로에게 돌을 집어던지고 다리를 물
어뜯고 침을 뱉으면서.

누가 내 등을 툭툭 쳤어. 바기-지랑이었어. 얼굴이
말이 아니었어. 막 몸에 들어와 제대로 된 적응 과정
도 거치지 못했으면서 여기까지 뛰어왔던 거야. 물론
진짜로 고생한 건 바기-지랑이 아니라 네 몸이었겠
지만.

"오, 오래가지 못할 거예요."

바기-지랑은 헐떡거리면서 말했어.

"시간이 걸릴 뿐이지, 결국 모두 해결사들에게 잡
힐 거예요. 봐요, 손전등 총을 가진 쪽은 두 명밖에 없
는데, 벌써 한 명이 해결사들에게 당했고 무기도 빼
앗겼어요. 그, 그러니까……."

"어쩌라고요. 나보고 저 안에 들어가서 코어를 빼
오라고요?"

"앤서블만이라도요. 해결사들보다 먼저 빼 오면 우
리야 좋죠."

"도대체 '우리'가 누군데요?"

바기-지랑은 대답하지 않았어. 대신 운동장 구석
에 있는 정자의 벤치에 주저앉더니 천천히 숨을 돌리

기 시작했어.

나는 다시 운동장을 바라봤어. 해결사들은 능숙하게 휴대전화 무기를 휘두르며 숙주들을 제압하고 있었어. 이게 일반적인 상황이었다면 벌써 디폴트 모드로 전환된 숙주들을 정리하고 있었을지도 모르지. 하지만 숙주들은 그냥 디폴트 모드로 남아 있는 대신 잽싸게 다른 주인을 찾아 전쟁터로 다시 뛰어들고 있었어. 이 전쟁터에서는 중요한 규칙들이 모조리 깨지고 있었어.

그러나 숙주들의 기능엔 한계가 있었어. 몇 분 안에 코어가 해결사의 보호 아래 들어갈 거라는 건 분명했어. 한 시간 전까지만 해도 난 진정으로 그러길 바랐을 거야. 하지만 지금도 그런지는 알 수 없었어.

나는 내 자전거를 정자 옆에 세워두고 조회대 쪽으로 걸어갔어. 숙주들과 해결사들은 서로와 싸우느라 바빠 나 같은 것은 보이지도 않는 모양이었어. 나는 계단에 쓰러져 웅얼거리고 있는 숙주를 발로 밀어 치우고 조회대 위로 올라갔어.

높은 곳에 올라가니 전황이 한눈에 들어왔어. 질서가 보이더라. 숙주들은 코어를 사냥하고 자전거에 탄 해결사들은 그 코어에 가장 가까이 접근한 숙주를 사냥하는 식이었지. 그 때문에 코어를 잡는 사람들은 거의 몇 초마다 바뀌었어.

올라와서 보니 생각보다 일이 쉬울 것 같았어. 숙주들은 육체적으로 나보다 약했어. 해결사들은 자전거를 타고 숙주들을 사냥하느라 코어를 직접 만질 수는 없었어. 결정적으로 그들이 숙주의 이식물을 끌 때 사용하는 리모컨은 나에겐 먹히지 않았어. 그렇다고 그걸 갑자기 살상용으로 전환할 여유가 있는 것도 아니었고. 이 게임에서는 수십 명의 상대와 싸우는 것이 한 사람의 상대와 싸우는 것보다 유리했어. 이 난장판은 나에게 기회였어.

다음엔 코어를 관찰했어. 운동장 안으로 뛰어 들어올 때까지 코어는 분명한 자기 의지를 갖고 있었어. 하지만 지금 코어의 움직임에는 어떤 의지도 느껴지지 않았어. 그냥 기름칠한 당구공처럼 이리저리 튕겨 나가고 있을 뿐이었어. 물론 그 튕겨 나가는 과정 중 수많은 사람들이 다쳤지. 전에 말했던 것 같은데, 코어는 가볍기도 하지만 무겁기도 한 물건이거든. 질량은 존재했지만 무게는 거의 없었단 말이야. 한 손으로 들 수도 있지만 일단 날아오는 걸 제대로 맞으면 뼈가 부러지는 거지. 벌써 운동장 이곳저곳의 물건들이 코어 때문에 박살 나고 있었어.

나는 정자 쪽을 바라봤어. 바기-지랑이 힘겨운 걸음걸이로 내가 있는 쪽으로 다가오고 있었어. 나는 두 손으로 제5표준어 수신호를 보냈어. 엄호해 줘요? 바기-지랑이 고개를 끄덕이고 손전등 총을 치켜들자, 나는 지구 수비대 광선총을 움켜쥐고 전쟁터에 뛰어들었어.

코어는 막 조회대 쪽으로 날아오고 있었어. 나는 달려가면서 숙주들에게 광선총을 쏴댔는데, 그중 몇 발이 명중했어. 숙주 네 명이 쓰러졌고 그 뒤를 달리던 다른 숙주들은 거기에 걸려 넘어졌지. 여전히 다섯 명 정도가 달려오고 있었지만 그 정도면 감당할 수 있었어. 나는 광선총을 집어던지고 코어 위로 뛰어올랐어. 그건 내가 평생 해왔던 것들 중 가장 멋진 그랑 주떼였어. 뒤늦게 나를 본 해결사들이 자전거를 몰면서 달려왔지만 바기-지랑이 그들에게 손전등 총을 쏘아댔어. 그들은 모두 균형을 잃고 자전거와 함께 넘어졌어.

문제는 그다음이었어. 코어는 내 무게에 끌려 그대로 땅에 떨어지기 시작했어. 보다 정확히 말하면 아래로 떨어지는 나와 함께 조금 땅 쪽으로 밀린 거지.

그런데도 불구하고 그건 여전히 이전의 운동량을 유지하며 앞으로 날아가고 있었던 거야. 그래도 나는 왼발을 브레이크 삼아 코어의 진행 방향을 문 쪽으로 바꿀 수 있었어. 이 멋진 드리프트 실력은 〈카트라이더〉를 하면서 배운 것이었어. 온라인 게임에 시간을 낭비한 게 그처럼 도움이 될 줄 누가 알았겠니.

코어는 교문과 정자 사이에서 간신히 멎었어. 허겁지겁 달려온 바기-지랑은 아파트에서 가져온 도구를 꺼내 코어에 박았어. 외피가 다시 녹아내리자, 그 사람은 손을 코어 안에 밀어 넣었어.

그 순간 코어가 비명을 질렀어. 우린 모두 기겁하며 뒤로 물러났어. 심지어 '코어 님'을 구출하러 달려오던 해결사들도 잠시 멈칫했어. 그 비명은 너무나도 동물적이어서 코어의 완벽한 이미지와 전혀 맞지 않았거든.

사람들이 물러서자 녹은 외피 사이에서 무언가가 기어 나왔어. 그건 날개 없는 박쥐처럼 생긴 금속 괴물이었어. 세 개의 다리는 비정상적일 정도로 길었고 길쭉한 발끝에는 그만큼이나 긴 발가락 세 개가 나와 있었어. 그것들 중 하나는 아까 바기-지랑으로부터 앤서블을 빼앗은 바로 그 손이었어. 그 괴물은 앤서블을 여의주처럼 입에 물고 뻘건 세 개의 눈을 번뜩이면서 지옥에서 온 개처럼 으르렁거렸어. 모두가 그 흉물스러운 모습에 질겁하는 동안 괴물은 외피를 엉성하게 뒤집어쓰더니 잽싸게 건물 뒤편으로 달아났어.

우리는 뒤늦게 그 뒤를 추적했지만 괴물은 이미 사라지고 없었어. 보이는 거라곤 시멘트 바닥에 난 커다란 구멍뿐이었어. 괴물은 하수구를 타고 지하로 내려갔던 거야.

25

우리는 학교에서 퇴각했어. 이러니까 굉장히 간단하게 들리는데, 결코 말처럼 만만한 일이 아니었어. 예순네 명이나 되는 디폴트 모드 숙주를 옮기는 게 그렇게 쉬운 줄 알아? 그래, 디폴트 모드. 괴물이 옛 코어의 외피에서 튀어나온 바로 그 순간, 코어의 중성미자 송수신기는 작동을 멈추었어. 아까까지만 해도 우주전쟁의 용병들이었던 숙주들은 이제 모두 정신 나간 노인네들에 불과했어.

다행히 해결사들은 협조적이었어. 내가 대행인의 권위를 내세워 일을 시키자 말없이 따랐지. 사실 당시 해결사들은 자기네들이 앞으로 무슨 일을 해야 할지 전혀 알지 못했어. 코어에 대한 그들의 사랑은 불변이었어. 하지만 지금까지 아름답게 반짝이는 완벽한 금속공이라고 알았던 것이 실제로는 징그러운 괴물이었다는 사실은 정말로 충격이었을 거야. 그 완벽한 외모도 그들이 코어를 사랑하는 이유 중 하나였으니까.

곧 숙주들은 근처에 있는 다섯 동의 아파트에 분산 배치되었어. 작업이 끝나자, 나는 은이 엄마를 불러 코어가 마지막으로 내린 명령을 해제시킨다는 약속을 받아내는 데 성공했어. 은이 엄마는 내 PDA에 서명하는 동안에도 계속 폭포수 같은 눈물을 흘리고 있었어. 정신없는 사람을 이용하는 것 같아 조금 미안하긴 했지만 그래도 언제까지 이 상태로 계속 내버려 둘 수는 없는 거잖아.

명령이 해제되자 나는 지금까지의 소식을 종합해서 공식 홈페이지 게시판에 올렸어. 게시판에서는 다시 난리가 났지. 걱정되는 게 당연했어. 앤서블이 결국 악의를 품은 외계 지성의 손에 넘어갔으니 앞으로

무슨 일이 일어날지 어떻게 알겠어? 아니, 걱정되는
건 그것만이 아니야. 지금까지 벌여놓은 일들을 어떻
게 수습해? 아까 학교에서 일어난 일만 해도 그냥 잊
고 무시할 만한 게 아니란 말이야.

일이 처리되자 나는 코어의 잔해를 바구니에 담고
자전거에 올라탔어. 집으로 가는 동안 갑자기 배가
고프기 시작해서 근처 빕스에 가 저녁을 먹었어. 잔
해는 그대로 바구니에 박아두고. 돌아와서 보니 아무
도 훔쳐 가지 않았더라고. 하긴 그게 뭔데 가지고 싶
겠어?

며칠 만에 찾은 내 아파트는 토요일에 방치해 두었
던 그대로였어. 먼지만 얇게 쌓였을 뿐 해결사나 꼭
두각시의 숙주들이 침입한 흔적은 없었어. 너를 데리
고 왔어야 하는 건데. 하지만 해결사들의 말에 따르
면 코어와 연결이 끊긴 뒤 숙주들의 뇌에 이상한 손
상이 일어나 비전문가들에게 맡겨둘 수 없다고 했어.
살아남은 대행인들이 돌아오면 어떻게 된 일인지 알
수 있겠지. 살아남은 사람이 없다면 외국 지부에서
도와줄 사람이 올 거고.

나는 간단한 청소와 샤워를 하고 닌텐독스를 열어
강아지들에게 저녁밥을 주고 새 잠옷을 꺼내 입은 뒤

침대 안으로 들어갔어. 몇 시간 동안 몸을 뒤척였지만 잠은 오지 않았어. 그러기엔 머릿속에 든 생각이 너무 많았어.

그래, 코어가 범인이었어. 왜 그걸 알아차리지 못했던 걸까? 코어는 처음부터 제정신이 아니었어. 게다가 자기와 전혀 상관없는 괴상한 이방인들을 위해 일하고 있었고 진짜 주인이었던 이전의 우주 문명을 늘 그리워하고 있었지. 이 어색한 상황을 지금까지 참고 있었다는 게 오히려 이상했어.

꼭두각시들을 이용한 것도 이해가 가. 머리 나쁘고 절실하니 조종하기 쉬웠겠지. 이전 우주 문명과 희미하게나마 연결되어 있었으니 동질감도 느꼈겠고.

코어는 도대체 뭘 하려고 했던 걸까? 일단 꼭두각시들의 도움으로 자기 몸을 개조하려고 했던 것 같아. 눈에 잘 띄고 무력한 구형에서 벗어나 비교적 쉽게 움직일 수 있고 직접 섬세한 작업도 할 수 있는 동물 모양을 취하려 했던 거겠지. 사장과 회사로부터 독립하고 싶었을 거고 자기가 가지고 있는 앤서블의 독점권도 확실하게 해둘 생각이었을 거야. 자기 관리 하에 있긴 했지만 우주연합에서 맘만 먹으면 무슨 일이 닥칠지 몰랐으니까.

하지만 이 모든 건 사전 준비에 불과해. 분명 코어는 그보다 더 큰 계획을 품고 있을 거야. 그게 뭘까? 꼭두각시들의 지구 정복 음모와 어떤 관련이 있는 걸까? 관리국에 있다는 협조자는 또 누구고? 바기-지랑은 관리국에 협조자가 있는 게 대단치 않은 일이라고 생각하는 것 같았어. 그럼 관리국도 코어의 음모를 눈치채고 있었다는 걸까? 그랬다면 왜 방치했지? 그렇게 해서 얻는 건 또 뭐고?

간신히 잠이 들자, 나는 온갖 심난한 꿈들에 시달렸어. 그게 어떤 내용인지는 잘 기억나지 않아. 하지만 수백 마리의 변형된 코어들이 내 방으로 쳐들어오는 장면이랑 팔다리가 잘려나간 숙주들의 시체가 인천 바다에 쏟아지는 장면이 있었던 건 분명해. 날이 선 부엌칼을 든 은이 엄마가 목이 반쯤 잘린 채로 달아나는 너를 뒤쫓는 장면도 있었어. 잠자리 날개를 단 벌새만 한 〈논스톱 5〉 혜선이 방글방글 웃으며 은이 엄마 머리 위를 날아다녔던 것 같기도 해. 왜 그 사람이 그때 내 꿈에 나왔는지는 모르겠지만.

새벽 4시쯤에 난 다시 깨어났어. 빗소리 때문이었어. 목이 타서 부엌으로 가 결명차가 든 병을 꺼내 뚜껑을 열었어. 막 컵에 따르려는데, 뒤에서 이상한 소리가 들렸어. 아니, 보다 정확히 말하면 이상한 소리의 부재가 느껴졌어. 지금까지 배경음악처럼 들렸던 빗소리가 갑자기 사라졌던 거야. 나는 창문 쪽을 바라봤어. 머리에 뿔 비슷한 것이 달리고 몸이 비정상적으로 길쭉한 누군가가 창문을 등지고 서 있었어. 놀랐냐고? 무서웠냐고? 그럴 기회도 없었어. 그 이미지가 눈에 들어온 바로 그 순간 정신을 잃었으니까. 충격받아 기절한 게 아니라 그냥 딱 하고 그 순간부터 의식이 끊어졌던 거야.

다시 깨어나 보니 오전 10시였어. 난 그때까지 침을 질질 흘리면서 부엌 바닥에 큰 대 자로 엎어져 있었어. 어제 경험은 꿈이 아니었어. 냉장고 문은 여전히 열려 있었고 결명차가 든 병도 뚜껑이 열려 있었거든. 머리는 맑았고 몸 상태도 나쁜 것 같지 않았지만 불쾌한 건 어쩔 수 없었어.

샤워를 하고 옷을 갈아입은 뒤 사무실까지 자전거를 타고 갔어. 아무리 기분이 나빠도 할 일은 해야 했어. 사람들이 그렇게 많이 죽어나갔으니 일이 쌓여 있을 게 분명했고.

둘리 동상 앞에 자전거를 묶어놓고 건물로 들어가 계단을 오르는데, 바로 며칠 전에 네가 사무실에 있다는 걸 알려준 직원이 2층 사무실에서 나와 나를 불러 세우더니 이러는 거야.

"외국에서 손님들이 오셨어요. 3층에서 기다리고 계세요. 그런데 사장님은 오늘도 출근 안 하셨나요? 결재하셔야 할 일들이 좀 있는데."

손님들? 이번엔 또 누구야? 나는 이를 박박 갈며 3층 사무실로 올라가 문을 열었어. 일곱 명이나 되는 손님들이 대기실 벤치 두 개에 나뉘어 앉아 나를 기다리고 있었어. 여자 넷과 남자 셋. 모두 정장 차림에 검은 가방을 하나씩 옆에 놓고 있었어. 내가 들어가자 왼쪽 구석에 앉아 있던 크리스틴 크룩 뺨치게 예쁜 20대 중반의 유라시안 혼혈인 여자가 일어나 환하게 미소 지으며 나에게 손을 내밀었어.

"안녕하세요. 프렌치&크로프츠의 노라 빙엄입니다. 임은채 씨죠?"

여자의 영국식 영어에는 귀여운 광둥어 억양이 작은 장식용 리본처럼 달려 있었어.

명함을 받고 나서야 간신히 이 사람들의 정체를 알 수 있었어. 프렌치&크로프츠는 홍콩에 있는 로펌으로, 그곳에 소속된 대행인 직원들이 아시아/유럽 지부들과 관련된 법률상의 일들을 처리하고 있었어. 그

법률상의 일이 구체적으로 뭔지는 나도 몰랐어. 나야 그냥 가이드였으니까. 그런데 도대체 왜 홍콩 변호사들이 여기까지 온 거야?

"어제 명령이 풀렸는데, 빨리 오셨네요?"

내가 묻자 빙엄은 말없이 가볍게 고개를 끄덕였어. 등 뒤에서는 남자 직원들이 입을 헤벌리고 그 사람의 완벽한 허리선을 감상하고 있었어. 빙엄은 너무 예쁘고 깔끔해서 진짜 변호사보다는 데이비드 E. 켈리의 텔레비전 쇼에 출연하는 할리우드 배우 같았어.

나는 그들을 4층으로 끌고 올라갔어. 내가 문을 걸어 잠그자마자 빙엄의 동료들은 가방에서 작업복을 꺼내 갈아입기 시작했어. 그때서야 나는 그들의 얼굴을 제대로 확인할 수 있었어. 여자들과 남자 한 명은 중국계였고 남자 둘은 유럽계였어. 빙엄처럼 인상적이지는 않았지만 모두 날씬하고 잘생기고 과묵한 사람들이었어.

"지난 몇 년간 우리는 회사에 닥칠지도 모르는 모든 위기 상황에 대한 대비책을 준비해 왔습니다."

빙엄이 말했어.

"외계 지성에 의한 지구 침략과 앤서블 강탈도 그런 위기 상황들 중 하나죠. 시체들은 어디에 있나요?

구체적인 폭력 행위가 일어난 곳이 어디인지 지적해 주실 수 있나요?"

내 대답이 끝나자마자 그들은 청소를 시작했어. 핏자국들은 완벽하게 지워졌고, 시체들은 분류되어 정리되었고, 이식물들도 제거되었어. 한국어를 유창하게 하는 여자 직원 하나가 새 가구와 전자제품을 주문했고 살상의 흔적이 제거된 쓰레기들은 밖으로 빠져나갔어. 그들이 일을 너무 잘해서 그 광경을 가만히 보고만 있어도 저절로 기분이 좋아질 지경이었어.

그러는 동안 빙엄은 나의 도움을 받아 현재 상황을 정리했어. 해결사들과 살아남은 대행인들이 호출되었고 수많은 통화가 오갔어. 창고 안에 갇혀 있던 숙주들은 빈 아파트로 보내졌고. 심지어 그 사람은 아래층 직원이 가져온 결재 서류에 완벽한 가짜 서명을 해 넣기도 했어. 그것도 한글로 말이야.

난 이 사람들의 정체를 알 수가 없었어. 회사에 온갖 종류의 대행인들이 다 있는 건 사실이지만 그래도 그들은 다 평범한 사람들이야. 머리에 이식물을 단 것 이외엔 특별할 게 없었어. 하지만 빙엄과 동료들은 너무 능률적이라 지구인처럼 보이지 않았어. 오히려 그들은 완벽하게 통제되는 숙주 같았어. 심지어 빙엄은 작업에 흥이 돋자 마자랑인들만이 할 수 있는 정교한 손가락 춤을 선보이기까지 했어. 그렇다고 그들을 숙주라고 치자니 하나가 걸렸어. 우린 여전히 앤서블과 연결되어 있지 않았어.

저녁이 되자 대충 상황이 파악되었어. 감각 노동자들 중 생존자들은 다섯 명이었어. 대행인들 중 살해당하거나 숙주가 되지 않은 사람들은 서울까지 포함해서 열다섯 명이었고 모두 인문과 출신의 가이드들이나 좀비 마스터들이었어. 곧장 말해 별 쓸모없는 사람들이었단 말이지. 해결사들이 부천 시내를 뒤지고 있긴 했지만 사장은 여전히 실종 상태였어. 7시가 되자 난 빙엄 패거리들과 다른 대행인들에게 회사를 맡겨두고 퇴근했어. 내가 할 일은 없었어. 아침에 멈추었던 비가 오후부터 다시 내리고 있었기 때문에, 나는 사무실에서 숙주용 우비를 챙겨 들고 계단을 내려갔어.

1층에 도착했을 때, 내 재블린 자전거가 사라졌다는 걸 알아차렸어. 중간이 잘려 나간 채 난간에 간당간당 매달려 있는 체인을 보자 피가 끓었어. 지난 몇 년 동안 그때처럼 화가 난 적은 없었어. 나는 계단 난

간을 발로 걷어차며 고함을 질러댔어. 파파이스에서 아이들과 함께 포보이 샌드위치를 나눠 먹고 있던 아줌마가 어이가 없다는 듯이 나를 째려봤어.

난간을 걷어찬다고 사라진 자전거가 다시 나타날 리 만무했어. 다행히 이 건물 안팎엔 보안 카메라들이 잔뜩 깔려 있었어. 나는 아직도 빙엄 밑에서 시달리고 있는 은이 엄마에게 전화를 걸어 당장 내 자전거를 찾아내라고 명령했어. 파파이스 현관 근처에서 잠시 기다리다 보니, 은이 엄마와 다른 장교 하나가 우산도 쓰지 않고 쏜살같이 건물 밖으로 뛰어나가더니 어디론가 달려가더라고. 하긴 내 자전거를 찾으러 돌아다니는 게 빙엄의 명령을 받는 것보다 나았을 거야. (재블린은 이틀 뒤에 돌아왔어. 손잡이와 안장에 피가 묻어 있었지만 난 그 이유를 묻지 않았어. 그냥 상상하는 게 더 재미있거든.)

나는 우비를 입고 아침에 묶어놓은 아줌마 자전거로 돌아갔어. 빗물에 미끄러져 넘어지는 것 따위는 걱정도 되지 않았어. 난 그저 페달을 밟으며 머릿속의 잡념들을 쫓아내고 싶었어.

그냥 집으로 가긴 뭣해서, 현대백화점 앞에 자전거를 세워놓고 스타벅스에 들어갔어. 우비를 벗어 옆에 차곡차곡 접어두고 쪼끄만 잔에 든 에스프레소 원액을 홀짝거리면서 멍하니 창밖을 바라보고 있으려니 우울증이 마구 몰려왔어. 차라리 꼭두각시들에게 쫓길 때가 나았어. 지금의 나는 세상에서 가장 쓸모없는 사람처럼 느껴졌어.

"앉아도 됩니까?"

나지막한 여자 목소리가 들렸어. 나는 위를 올려다봤어. 2미터짜리 꽃다발처럼 생긴 외계 생물이 나를 내려다보고 있었어. 누군지는 몰라도 마자랑인이 분명했어.

며칠 전에 이 광경을 봤다면 난 기절초풍했을 거야. 하지만 지금의 나는 면역이 되어 있었어. 난 고개를 끄덕이며 일어나 맞은편 의자를 뒤로 밀었어. 외계인은 맵시 있는 태도로 고개를 굽혀 인사를 하더니 내가 마련해 준 자리에 앉았어.

다른 사람들 눈엔 내 행동이 굉장히 괴상하게 느껴졌을 거야. 그 외계인이 보이는 사람은 나 하나뿐이었으니 말이야. 사실 거기엔 외계인이 존재하지 않았어. 모든 게 내 머릿속의 이식물이 만들어내는 환영이었지. 마자랑에선 공중전화보다 특별할 게 없는 거였어. 지구에서 이런 식으로 등장하는 경우는 그때까지 단 한 번도 보고된 바 없었지만 말이야.

"혹시 브리-타림이에요?"

내가 건성으로 물었어.

"맞습니다. 제 얼굴을 기억하는군요."

외계인은 정확한 한국어로 말했어.

"찍었어요. 어떻게 여기까지 왔어요?"

"한번 생각해 봐요."

"코어한테서 앤서블을 되찾았어요?"

"아뇨."

흠……. 내 머리는 삐걱거리며 돌아가기 시작했어. 브리-타림은 앤서블을 통해 나와 연락을 하는 데 성공했어. 하지만 코어의 중성미자 송수신기가 없다면 내 이식물과 관리국이 연결될 리가 만무하지. 그렇다면 어떻게 된 걸까, 지구상엔 앤서블이 단 하나밖에 없는데…….

갑자기 한 가지 생각이 내 머리를 쳤어. 나는 천장을 올려다봤어. 거기에서 뭔가 보일 리는 만무했지만 난 정답을 확신할 수 있었어.

"탐사선 앤서블을 고쳤군요!"

"맞습니다."

"언제 고쳤어요?"

"여기 시각으로 오늘 새벽 2시에요. 어제 당신이 본 건 우리였습니다. 그쪽 앤서블과 중성미자 송수신기의 기능이 완벽하지 않아서 오작동이 일어났어요. 아직도 기능은 완전치 못해요. 정말 죄송합니다. 하지만 곧 저번 앤서블과 거의 같은 수준의 서비스가 가능해질 거예요."

"그럼 전에도 고칠 수 있었던 거예요?"

"아뇨. 우린 몇 년 전부터 탐사선 앤서블 수리에 매달렸습니다. 탐사선 상태가 말이 아니었고 물리적으로 접근할 수 있는 방법이 없어서 무척 힘들었어요. 물론 코어한테 우리 의도가 들통나서는 안 되니 더 조심해야 했고요. 지난 며칠간은 타이밍이 안 좋았습니다. 침공이 이렇게 빨리 닥칠지 몰랐습니다. 우리라고 모든 걸 알지는 못하거든요."

아하, 이제 사정을 알 것 같았어.

"그쪽이 관리국의 배신자였군요."

"배신자는 좀 심한 표현이군요. 그냥 약간의 비밀주의가 개입되었다고 말하는 게 더 좋겠어요. 대단한 악의는 없었습니다. 일이 계획대로 풀렸다면 아무도 다치지 않았을 거예요."

"그럼 프렌치&크로프츠에도 당신이 연락한 거예

요?"

"아뇨. 그 사람들은 사실만 말했습니다. 이전부터 이런 사태에 대비하고 있었던 거예요. 해결사들만 믿을 수는 없지 않습니까?"

"도대체 지금까지 무슨 일을 하고 있었던 거예요?"

"연구지요. 코어는 이전 우주연합과 우리를 연결하는 몇 안되는 고리입니다. 우린 이전 우주 문명 자체에 대해서는 큰 관심이 없습니다. 하지만 그들의 전이 과정에 대해서는 관심이 있지요. 코어는 그 전이 과정을 직접 겪었고 그에 대해 어느 정도 기억도 하고 있습니다. 아주 드문 경우지요. 우린 코어로부터 그 기억을 빼내려 했던 겁니다. 우리가 꼭두각시들과 코어를 연결시켜 주었던 것도 그 때문이었어요. 그냥은 절대로 털어놓지 않았을 테니까요. 사실을 알아내는 유일한 방법은 음모가 진행되도록 방치하는 것이었어요. 물론 그 음모는 엄격하게 통제되어야 했습니다. 그래서 우리가 탐사선의 앤서블을 수리했던 것이죠. 꼭두각시들의 습격이 일주일만 늦었어도 이런 인명 손실은 없었을 거예요."

"관리국 전체가 그 계획에 가담했나요?"

"아뇨. 저와 몇몇 동료들이 독자적으로 일을 처리

하고 있었어요. 아는 이가 적을수록 유리하니까요. 바기-지랑도 몰랐어요. 우리의 계획이 공개된 건 몇 시간 전입니다."

내 계산 착오가 슬슬 드러나고 있었어. 나는 마자랑인들이 세속적이기 때문에 전 우주적인 음모엔 관심이 없을 거라고 생각했어. 하지만 마자랑인들이 그런 계획을 꾸민 건 그들이 세속적이기 때문이었어. 4기 문명의 존재를 믿는 종족들이라면 전이를 자연스럽게 받아들였을 거야. 하지만 마자랑인들은 앞에 뭐가 있는지 알지 못하면서 그대로 손 놓고 기다릴 수만은 없었어. 4기 문명이 정말로 존재하는지 알아야 했던 거지. 만약 전이가 소멸이라면 그걸 막을 대책을 세워야 하고.

하지만 브콰이아브라우아이야이는?

"브콰이아브라우아이야이는 어떻게 되었죠? 그쪽도 한편이었어요?"

브리-타림의 얼굴이 갑자기 변했어. 난 아직 마자랑인들의 표정을 읽는 데 익숙하지 않았지만 적어도 그게 급작스러운 감정 기복을 뜻한다고 짐작할 수는 있었어.

"우린 당연히 그쪽에서 우리에게 먼저 연락할 것

이라고 생각했습니다. 그게 이 나라 사람들의 일상적인 행동 방식이지요. 정식 통로를 밟는 대신 늘 사적인 우회로를 택해 안전을 구하려 하지 않습니까? 하지만 당신이 브콰이아브라우아이아이에게도 연락할지는 몰랐습니다. 보다 정확히 말하면 그런 가능성도 염두에 두긴 했지만 확률이 그렇게 높다고 생각하지 않았지요. 그래서 우린 조금 놀랐습니다. 더 놀라웠던 것은……."

"더 놀라운 것은?"

"브콰이아브라우아이야이로부터 이후에 연락을 받지 못했지요? 그 항성은 이 나라 표준 시각으로 그저께 아침 9시 21분에 소멸되었습니다. 전이되고 도약하고 진화한 것이죠. 우린 이게 이번 사건과 관련이 있다고 믿고 있습니다. 당신한테서 연락을 받은 뒤로 브콰이아브라우아이야이는 관리국 내의 음모를 밝혀내느라 무척 바빴지요. 그동안 코어와 꼭두각시에 대한 무언가를 알아냈고 그 때문에 전이된 게 거의 분명합니다. 전이는 고상한 정신적인 깨달음 때문에 일어나는 게 아닙니다. 그네이 가리알이나 바쿠스타로스의 주민들이 정신적으로 우월한 종족이었습니까? 아니거든요. 평범하고 일상적이지만 치명적인 지식

이 그 행성과 문명에 돌이킬 수 없는 연쇄 폭발을 초
래하는 것이 분명합니다. 그게 무엇인지, 어떤 식으로
작동하는지는 아무도 모릅니다만."

"4기 문명 사람들은 알겠지요."

"그런 게 있다면 말이죠."

26

그래, 이게 바로 진상이었어. 적어도 진상에 대한
브리-타림의 버전이었지. 이 사람 말이 사실일까? 누
가 알겠어? 모든 게 말뿐이잖아. 우리가 앤서블을 통
해서 접할 수 있는 것들 중 실체가 있는 건 아무것도
없어. 브리-타림이 진실만을 말했을 수도 있어. 하지
만 그 사람의 고백 자체가 또 다른 음모의 일부일 수
도 있어. 내가 너무 멍청해서 그 사람 말을 잘못 알아
들었을지도 모르고.

브리-타림이 사실만을 말했다고 해도 사정은 보
다 복잡했을 거야. 수십 종의 외계 종족들이 삼정초
등학교 운동장에서 벌였던 그 우스꽝스러운 소란을
생각해 봐. 그건 전쟁이었어. 누구보다 먼저 4기 문명

의 비밀을 차지하려는 쟁탈전이었단 말이야. 우주연합의 예의 바른 껍데기 안에는 오랫동안 알력과 갈등이 존재하고 있었고 그게 삼정초등학교에서 폭발했던 것이 분명해. 심지어 바기-지랑도 뭔가 숨기고 있는 것 같아. 그 외계인이 그날 정확히 뭘 원했는지 난 아직도 모르겠거든. 코어가 변신하기 전에 앤서블을 빼앗으면 분명 지구인들에게 일이 수월하게 풀리긴 했겠지. 하지만 정말 그렇게 이타적이었을까? 솔직히 말해 난 바기-지랑과 브리-타림이 다른 사람인지도 확신할 수 없어. 마자랑인들은 다 똑같이 생겼단 말이야!

상관없어. 난 내가 우주를 완전히 이해할 수 없다는 걸 알아. 이런 일을 겪었다고 해서 사정이 특별히 달라진 것도 아니지. 지금 나에게 중요한 건 나에게 직접 영향을 끼치는 지상의 문제들이야.

지난 두 달 동안 난 정신없이 바빴어. 찌질이 외계인들과 미치광이 인공지능이 며칠 동안 날뛴 여파가 그만큼이나 대단했던 거야.

가장 먼저 한 건 시체들을 치우는 일이었어. 전쟁 중 죽은 사람들은 한 명씩 소각했어. 하지만 그 뒤에도 시체들은 늘어만 갔어. 삼정초등학교 대전에 참여

했던 숙주들은 모두 심각한 뇌 손상을 입은 상태여서 우리 힘으로는 치료할 수가 없었어. 뇌와 이식물을 검사해 보니 그 짧은 기간 동안 서른세 번이나 조종자가 바뀐 숙주들도 있었어. 전쟁이 끝날 즈음엔 이식물과 뇌가 과부하로 바싹 구워질 정도였대.

부천시에 살던 수많은 노인네들과 알코올중독자들이 그 뒤로 조금씩 사라져 갔어. 몇 명은 해외여행 갔다가 실종되었고 몇 명은 자살했으며 몇 명은 그냥 노환으로 죽었지. 심지어 우린 버스 교통사고도 하나 연출해 냈어. 그때까지 얼굴도 비추지 않았던 가족들이 보상금을 타내려 벌떼처럼 모여 드는 게 신기하긴 하더라. 보상금을 챙긴 사람들 중엔 오안도 있었어. 그 사람의 남편도 버스에 타고 있었으니까. 파트너를 잃은 오안은 감각 노동자 일로 돌아가지 않았어. 대신 회사의 대외 업무부에서 일하고 있지.

삼정초등학교 일은 예상외로 쉽게 잊혔어. 엄청난 소란이긴 했지만 학교 측에서는 그걸 어떻게 설명하거나 처리해야 할지 몰랐던 거지. 숙주들 이외엔 다친 사람들도 없었고 기물 파손이 좀 있긴 했지만 그 정도는 우리가 익명으로 전달한 보상금으로 충분히 커버되고도 남았거든. 자전거들을 강탈당했던 근처 자전거 가게 주인에게도 보상은 해야 했어.

9월 16일, 오정구청 근처를 방황하던 사장이 발견되었어. 사장의 육체는 살아 있었지만 뇌는 그렇지 못했어. 너무 상해서 제대로 된 뇌 검색도 불가능할 정도였어. 그나마 그동안 사람처럼 움직일 수 있었던 건 사장의 몸 안에 이식된 인공 신경계가 그만큼이나 유능했기 때문이지. 우린 끝끝내 사장과 꼭두각시들이 어떤 계약을 맺었는지 알아낼 수 없었어. 실망스러운 일이지만 안다고 특별히 달라지는 일은 없겠지. 난 그냥 관대하게 생각하려고 해. 적어도 사장은 우리 중 몇 명은 살리려고 했으니까. 내가 지금까지 살아 있는 것도 그 때문일 거고.

업무의 명확한 인수인계를 위해 사장의 몸은 안락사시킬 수밖에 없었어. 나는 투신자살을 제안했고, 빙엄과 동료들은 석양이 아름답던 어느 날 저녁, 이식물들이 대부분 제거되고 숨만 간신히 쉬고 있던 사장의 몸을 내 안무에 맞추어 목동의 어느 고층 빌딩 옥상에서 집어던졌어. 사장의 재산 대부분은 회사에 귀속되었지만 그래도 상당 부분은 삼촌 부부, 형이 죽은 뒤에도 꾸준히 뒤를 챙겨주었던 사생아 조카딸과 그 애 엄마 그리고 사장이 늘 '나의 한스 한젠'이라고 불렀던 고등학교 동창한테 배분되었어. 아마 그 동창이라는 사람은 최무혁이라는 이름 석 자도 기억하지 못했을 거야.

사장이 남긴 빈자리는 내가 채울 수밖에 없었어. 순전히 쉽게 돈 벌며 놀기 위해 이 직장을 택했던 나에겐 고달픈 자리였지만 그래도 그동안 최선을 다했어. 일단 외국에서 임시 숙주들을 들여와 관광 서비스를 복구했어. 그동안 빙엄과 나는 보다 젊고 건강한 숙주들을 얻기 위한 시스템을 개발했지. 이제 우린 숙주들을 서울역에서 주워 오는 대신 젊은 마약 중독자들이나 교통사고 뇌사자들을 뒤져서 얻어. '모든 숙주들의 감각 노동자화'라는 빙엄의 모토는 조금씩 실현되고 있어.

노라 빙엄의 이름이 계속 등장하는 이유가 궁금할 거야. 사장이 죽고 코어가 달아난 뒤로, 부천 본사의 위치는 점점 낮아져 갔어. 부천이 지금까지 지구의 수도로 버틸 수 있었던 건 코어와 앤서블이 있었기 때문이잖아. 하지만 지금 회사가 사용하고 있는 앤서블은 지구궤도 위에 있어. 여전히 회사의 본사는 부천에 있었지만 실질적인 권한은 프렌치&크로프츠에 넘어갔어. 난 부천을 고수하는 것이 사장의 유산을

218

지키는 일이라고 믿지만 과연 그럴 필요가 있는지 모르겠어. 노라 빙엄과 동료들이 나보다 일을 훨씬 잘하는 건 사실이잖아. 그들이 마자랑의 하수인이라는 게 계속 걸리긴 하지만. 마자랑인들과 관리국에서 아무리 부인해도, 소리 소문 없이 조금씩 늘어만 가는 빙엄 일당은 마자랑인들이 심은 해결사 집단이 분명해. 하긴 코어만 해결사들을 심으라는 법이 있나?

그래도 부천은 몇 가지 이유로 여전히 중요해. 일단 관광객이 계속 늘어나고 있어. 지금까지 지구를 꾸준히 방문했던 문명권은 기껏해야 수백 개에 불과했어. 우주연합에 70억이나 되는 문명이 있고 그곳마다 몇십 억의 외계인들이 사는 건 사실이지만 그들이 존재하는 모든 문명에 다 관심을 가지는 건 아니거든? 정보의 보고라는 인터넷에 연결되어 있어도 대부분 즐겨찾기에 등록시킨 사이트만 기는 것과 비슷하지.

하지만 전쟁 이후 지구를 찾는 관광객들이 갑자기 증가하기 시작했어. 그들 대부분이 부천에만 머물다 돌아가. 목적이 관광이 아닌 건 분명하지. 다들 아직도 부천시 지하 어딘가에 숨어 음모를 꾸미고 있을 코어를 사냥할 계획인 거야. 부천은 이제 안전하고 촌스러운 관광지가 아니야. 이곳은 우주의 운명을 건 전쟁터야. 만약 누군가가 코어를 통해 3기 문명에서 벗어나지 않으면서도 4기 문명의 비밀을 알아내는 데 성공한다면 부천은 우주의 역사에 영원히 남게 되겠지.

코어는 지금 무슨 음모를 꾸미고 있는 걸까? 꼭두각시들에게 물어보면 되지 않겠냐고 할 수도 있겠지만 그들은 별 도움이 되지 못해. 꼭두각시들이 지구를 정복하려 했다는 소식이 돌자마자 그들을 짜증 나는 눈엣가시로 여기고 있던 수많은 종족들이 이때다! 하고 사건과 관련된 꼭두각시들의 뇌에 모조리 바이러스를 풀었거든. 아마 지금은 다들 텅 빈 행성들의 버려진 우주선 잔해 안에 홀로 앉아 구구단이나 외우고 있을 거야. 아니, 11단이지. 우주연합에서는 12진법이 표준이니까.

그래도 코어는 계속 활동하고 있고 꾸준히 목격되고 있어. 얼마 전 월마트 앞 지하철 7호선 확장선 공사장에서 인부들이 목격했다는 수수께끼의 짐승은 코어이거나 코어가 자기복제 장치를 이용해 만든 자식들 중 하나임이 분명해. 지하철 7호선이 코어의 음모와 연결되어 있는 걸까? 그럴 수도 있겠지. 부천과 서울을 연결하는 지하통로는 코어에게도 필요할 테니까. 시간이 지나면 알게 될 거야. 아마 그때쯤이면 해결사들도 다시 코어 편에 합류할 거야. 우린 해결사들에게 코어에 대한 충성심을 제거해 주겠다고 제안했지만 모두 거절했어. 그들은 아무리 끔찍한 괴물의 모습으로 변했다고 해도 여전히 코어를 사랑해. 단지 은이 엄마가 작사, 작곡한 다음 찬송가가 다시 불리는 일은 없겠지.

동글동글 예쁘신 우리 코어 님
방 안의 태양처럼 환하신 우리 코어 님

우리에겐 또 다른 이점이 있어. 여전히 부천은 이식물과 기타 장비들을 전 세계로 수출하는 유일한 도시야. 코어는 허겁지겁 달아나느라 많은 부분을 그냥 버리고 갔어. 내가 자전거 바구니에 담아 가지고 온 그 찌꺼기들 중에는 비교적 멀쩡한 자기복제 장치도 하나 있었어. 다시 네 몸으로 돌아온 바기-지랑과 빙엄의 부하들은 이틀 동안 끙끙거리며 그 기계를 수리하고 개조했어. 기본적으로 그건 이식물과 부속품을 제조하는 기계였지만 사실은 최우선 지침을 위반하지 않는 한도 내에서 무엇이든 만들어내는 마술 램프였어. 관리국은 그걸 이용해 회사용 마술 램프를 하나 더 만들어 본사 금고실에 두었고, 원본은 나에게 주었어. 프렌치&크로프츠도 그 권리를 인정했어. 일종의 뇌물이었던 거지.

그걸로 맨 처음에 뭘 만들었냐고? 알고 싶어? 난 〈논스톱 5〉의 혜선 캐릭터를 모델로 삼아 키가 70센티미터 정도 되는 인형을 만들었어. 농담 아냐. 내가 레이디 아나이스 르 봉이라고 이름을 붙인 그 인형은 정말 멋진 로봇이야. 코어의 외피와 같은 재료를 이용한 피부는 인간 피부의 반투명함을 완벽하게 흉내 내고 탄소 나노 튜브로 만든 머리칼은 진짜보다 더 진짜 같으며 명령어를 외치는 것만으로 헤어스타일을 자유롭게 바꿀 수 있어. 실제 배우 구혜선과는 당연히 닮았고 〈논스톱 5〉의 전 에피소드들을 마스터한 마자랑의 내 컴퓨터가 만든 프로그램에 연결되어 시트콤의 혜선과 비슷한 방식으로 움직이고 표정을 짓고 생각을 해. 자연인 배우 구혜선은 절대로 〈논스톱 5〉의 혜선 같은 사람이 아닐 테니, 어떻게 보면 레이디 아나이스는 진짜 구혜선보다 더 〈논스톱 5〉 혜선과 닮았어. 나는 그 애에게 커다란 인형의 집, 옷장을 가득 채운 옷들과 시나리오를 쓸 축소형 올리베티 타자기, 안고 잘 토끼 인형을 마련해 줬어. 그 애는 나랑 같이 텔레비전을 보거나 음악을 듣고, 나 대신 닌텐독스의 강아지들을 산책시키거나 나한테서 들은 이야기를 바탕으로 삼아 수상쩍을 정도로 〈스타워즈〉와 비슷한 내용의 시나리오를 써. 나는 밤마다 레이디 아나이스가 매일 수십 페이지씩 쓴 원고를 검토해. 그 안에서 내가 아직 눈치채지 못한 우주의 비밀을 찾을 수 있길 바라며.

이제 네 이야기를 해야 할 때가 된 것 같아. 앤서블이 우주연합과 다시 연결되자 바기-지랑은 너의 뇌를 다시 스캔했어. 유감스럽게도 결과는 비관적이었어. 너의 정신을 다시 살려내기엔 뇌 손상 정도가 너무 컸던 거지. 숙주로서는 정상적으로 기능할 수 있었지만 너의 정신을 다시 살려내는 건 불가능했어. 이식물이 안정된 직후에 치료를 시작했다면 가능성이 있었을지도 몰라. 하지만 그동안의 소동을 겪으면서 뇌가 멀쩡하길 기대할 수는 없었지. 그나마 바기-지랑이 그동안 너를 잡아두고 있어서 지금 정도의 상태를 유지할 수 있었던 거야.

하지만 대안은 있었어. 바기-지랑은 너의 뇌에 들

어오자마자 기억과 정신을 백업해 자기 집 컴퓨터로 보냈어. 너의 뇌 구조에 대한 정보 역시 백업되었기 때문에 마자랑인들은 가상공간 안에서 너의 뇌와 정신을 되살릴 수 있었어. 아마 이것도 뇌물이었겠지만 나로선 받아들일 수밖에 없었어.

아직 그들은 너의 정신을 작동시키지 않았어. 다들 내 신호만 기다리고 있지. 특별한 일이 없다면 난 네 생일인 12월 12일에 너를 깨울 생각이야. 대학 졸업 이후 A4 용지 두 장 이상 넘어가는 글은 써본 적도 없는 내가 지금 노트북을 붙들고 이 장황한 보고서에 매달리고 있는 것도 그 때문이야. 갑자기 외계 행성의 가상현실 세계 안에 깨어날 너에게 지금까지 일어난 일들을 설명해 주려는 거지. 이건 내가 너에게 제대로 된 변명을 할 수 있는 유일한 기회이기도 해.

네 앞엔 두 갈래 길이 놓여 있어. 넌 너의 옛 육체를 숙주 삼아 영구적으로 다시 지구로 돌아올 수도 있고, 이 기회를 놓치지 않고 우주연합에 속한 70억 세계를 탐사할 수도 있어. 양쪽 다 택할 수는 없어. 역시 최우선 지침 때문이야. 아마 넌 후자를 택하겠지. 내가 아는 너는 지구나 이 나라에 대한 애정이 그렇게까지 큰 애가 아니야. 하지만 난 모르겠어. 과연 내가 너를 얼마나 잘 알고 있는지.

27

내가 노트북 앞에서 머리를 움켜쥐고 '어떻게 고쳐쓰면 네가 이 글을 읽으면서 나를 재수 없는 멍청한 년이라고 생각하지 않을까' 하고 고민하는 동안 현관벨이 울렸어. 나는 쓰고 있던 흔글 프로그램 창을 닫고 그동안 옆에서 타자기로 영화각본을 쓰던 레이디 아나이스를 진열대에 올려놓은 다음 현관으로 나가 문을 열었어.

민아였어. 어깨와 머리칼에는 아직 완진히 떨이져 나가지 않은 눈이 묻어 있었고 낡고 해진 운동화는 흠뻑 젖어 있었어. 그때서야 나는 밖에 눈이 내리고 있다는 걸 알았어. 그것도 펑펑 쏟아지는 함박눈이.

"들어가도 돼?"

그 애가 떨리는 목소리로 물었어. 나는 뜻 없는 소리를 웅얼거리며 현관문의 체인을 풀었어.

민아는 몸을 움츠리고 안으로 들어왔어. 나는 민아의 코트를 벗겨 현관에서 눈을 털고 옷걸이에 건 뒤,

225

아직 주춤한 자세로 거실 구석에 서 있는 그 애에게로 돌아왔어. 거실 조명등 밑에서 본 민아의 얼굴은 전에 봤을 때보다 한 5킬로그램 정도 살이 빠진 것 같았고 다섯 살 정도 더 나이 들어 보였어. 아마 그렇게 나이 들어 보이는 건 시골 미용실에서 온갖 말 못 할 고초를 당하고 나온 거 같아 보이는 머리 꼬락서니 때문인지도 모르지. 왜 내가 사귄 사람들은 모두 부모가 물려준 멀쩡한 외모를 조금도 관리하지 않는 걸까?

뒤에서 빠드득거리는 소리가 들렸어. 경계심으로 얼굴이 빨갛게 달아오른 레이디 아나이스가 진열대 위에서 민아를 째려보며 이를 갈고 있었던 거야. 하지만 녀석은 자기 정체를 모르는 사람과 같은 방에 있을 때는 평범한 인형인 척 굴게 프로그래밍되어 있어. 할 수 있는 거라곤 몰래 눈을 부라리며 이를 가는 것밖에 없지. 다행히 민아는 진열대 따위는 쳐다보지도 않았어. 나는 허겁지겁 조명 밝기를 낮추고 레이디 아나이스에게 눈길을 준 다음 부엌으로 달려갔어.

내가 부엌에서 그 애를 위해 캐모마일차를 준비하는 동안 민아는 길고 삐쩍 마른 팔다리를 어색하게 접고 소파에 앉아 창밖에 내리는 눈을 쳐다보고 있었어. 내가 티백을 담근 머그잔을 넘겨주자 그 애는 잔을 두 손으로 잡고 손을 녹이며 코로 천천히 김을 들이마셨어. 그 동작이 너무나도 익숙해서 난 그동안 2년이 넘는 세월이 흘렀다는 게 믿어지지 않았어.

"여기 주소는 어떻게 알았어? 현서한테 갔었니?"

나는 조심스럽게 물었어.

"아니."

그 애는 고개를 저었어.

"언니 회사에 갔었어. 그 한국어 굉장히 잘하는 베트남 사람이 언니 새 주소를 가르쳐줬어."

"그동안 어떻게 지냈는데? 방은 구했어?"

나는 계속 물었어.

"응. 근처에."

"돈은 있고?"

"응."

순식간에 해 없는 질문들은 바닥이 나버렸어. 민아가 차를 마시는 동안, 나는 말없이 옆에 쪼그리고 앉아 그 애의 옆얼굴을 바라봤어. 무표정해 보였지만 자세히 들여다보면 잔뜩 긴장한 얼굴 근육이 부글거리는 감정을 억지로 누르고 있는 게 보였어. 민아는 속마음을 숨기지 못해. 그건 내가 덩크슛을 못하는 것과 같아. 어쩔 수 없는 그 애의 육체적인 한계지.

결국 그 애는 흐느끼기 시작했어. 일단 눈물이 터지자 더 이상 막을 도리가 없었어. 키가 175센티미터나 되고 스물일곱 살이나 먹은 성인 여자가 콧물과 눈물이 범벅된 채 어린애처럼 엉엉 울고 있었던 거야. 나는 커피 테이블 밑에 있는 티슈 박스를 꺼내 그 애에게 넘겨주고 어색한 동작으로 머리를 쓰다듬어 주었어. 그 애는 티슈 두 장을 꺼내 코를 요란하게 풀더니 다짜고짜 내 품에 얼굴을 묻었어.

도대체 어떻게 해야 해? 난 그 애의 얼굴을 헐겁게 감싸안고 현재 내 상황을 검토해 봤어. 일단 난 지금 자기가 시트콤 캐릭터라고 굳게 믿고 있는 미니 로봇과 동거 중이야. 12년 만에 운명적으로 만난 옛 여자 친구의 몸은 좀비가 되어 외계인들이 자기 집처럼 사용하고 있고, 그 애의 정신은 지금 7억 광년 너머의 컴퓨터 안에서 깨어날 준비를 하고 있어. 토론토 생활에 질린 엄마와 아빠는 한국으로 돌아오겠다고 날 협박하고 있고, 민아의 엄마 아빠와 친척들도 언젠간 십자가와 망치를 휘두르며 내 아파트로 쳐들어올 게 분명해. 이번에 민아를 받아들인다면 내 비밀을 고백해야 하고 그 애 머리에 억지로 이식물을 심어야 하며 지금까지 내가 고수해 왔던 우월한 위치도 포기해야겠지. SBS 미니시리즈 한 트럭 분량의 멜로드라마가 순식간에 내 머리 위로 떨어질 판이야. 난 코앞에서 벌어지고 있는 우주 첩보전과 언젠간 지구를 정복하고 말 미치광이 외계 로봇은 계산에 넣지도 않았어. 그것들은 다른 장르에 속해 있으니까.

차라리 마음을 단단히 먹고 민아를 보내버리는 게 나을지도 몰라. 결국 난 그 애가 간절히 원하고, 받을 자격도 있는 사랑을 충분히 주지 못할 테니까. 그 애가 자립할 수 있게 도와주고 새 여자 친구를 소개해주는 게 모두를 위해 나은 일인지도 모르지. 말이 나왔으니 하는 말인데, 까르푸 근처에 있는 커피숍에 꼭 원영의(袁詠儀) 막내 동생처럼 생겨가지고 일주일에 한 번은 〈엘 워드〉의 셰인 사진이 인쇄된 회색 티셔츠를 입고 오는 알바생이 있어. 걔라면 나보다 얘에게 훨씬…….

하지만 눈물로 퉁퉁 부은 민아의 눈을 보고 있노라니 차마 그쪽으로 생각이 흘러가지 않더라. 파스칼이 뭐라고 했던가? 마음에는 이성이 모르는…… 모르겠다. 하여간 내가 지금 말할 수 있는 건, 아무리 마자랑의 컴퓨터나 내 두뇌가 합리적인 해결책을 계산해 우리에게 제시해도 그게 꼭 그 애나 나에게 최선은 아니라는 거야. 감상적이라고 해도 좋아. 정말 그럴 수도 있어. 아마 나도 오래간만에 평평 쏟아지는 함박눈에 취했나 보지. 그렇지만 그게 뭐 어때서?

물론 우리가 그 '최선의 길'을 따른다면, 내가 지금까지 고수해 왔던 품위와 안락한 관조자의 위치는 박살 날 거야. 하지만 그건 이미 꼭두각시들이 코어와 작당하고 지구를 정복하려 할 때부터 금이 가고 조각조각 떨어져 나가기 시작했어. 이번 전쟁을 통해 깨달은 게 하나 있어. 우주가 유치하고 세상이 유치하고 우리가 유치하다면, 유치하지 않은 척하는 게 더 유치하다는 거지. 난 지금까지 그레이엄 그린의 소설 화자들처럼 억지 냉소주의를 흘리며 내가 속해 있는 유치찬란한 세계가 나와 아무런 상관없는 척해왔어. 하지만 그게 성공했나? 아니잖아. 그레이엄 그린도 그건 성공하지 못했어.

민아는 간신히 울음을 멈추었어. 그 애는 내 품에서 떨어져 나와 다시 티슈 두 장을 꺼내 남은 콧물을 닦아냈어. 그때서야 사방에 콧물로 젖은 휴지 뭉치들을 흘리는 게 이 집 규칙에 위반된다는 걸 기억해 낸 그 애는 더듬더듬 그것들을 챙겨 들고 휴지통으로 걸어가. 나는 소파에 앉아, 부엌 휴지통의 뚜껑을 열고 콧물 젖은 휴지 뭉치를 버리는 그 애의 등을 바라보다 헛기침을 한 번 요란하게 하고 우물쭈물 덧붙여.

"자고 갈래?"

그래, 이게 바로 내 이야기의 끝이야. 적어도 네가 깨어날 12월 12일이 되기 전에 내가 맺을 수 있는 최상의 결말이야. 그 뒤로 세상이 어떻게 흘러갈지는 나도 몰라. 내가 모든 사실을 고백하자마자 민아가 내 얼굴을 후려친 뒤 나를 떠나려 할 수도 있고, 레이디 아나이스를 가족으로 받아들여 셋이 그럭저럭 잘 살 수도 있고, 지구로 돌아온 너와 민아, 레이디 아나이스가 끼어들어 어색한 삼각관계나 사각관계가 형성될 수도 있으며 민아랑 레이디 아나이스가 나를 텅 빈 아파트에 홀로 남겨두고 떠날 수도 있어. 코어가 지구를 정복할 수도 있고, 그전에 우리가 코어를 잡을 수도 있고, 살아남은 자유 꼭두각시들이 재공격을 시도할 수도 있으며, 그 틈을 이용해 노라 빙엄이 지구의 대통령이 될 수도 있겠지. 마자랑인들이 부천에서 4기 문명의 정체를 밝힐 수도 있고, 그러다 72만 사이클 전에 그랬던 것처럼 우주연합 전체가 사라질 수도 있을 거야.

알 게 뭐야. 어느 쪽으로 흘러가도 내 입장은 여전히 한심해. 코어가 지구를 정복한다고 해서 이 행성의 고통과 불평등이 특별히 더 늘어나는 것도 아니야. 마자랑인들이 정말로 4기 문명의 비밀을 밝힌다고 해도 세상은 크게 달라지지는 않을 거야. 난 내가 신과 영생과 영원한 사랑과 4기 문명의 존재를 믿지 않는 것처럼 그들이 불멸의 길을 찾을 수 있을 거라고도 믿지 않아. 난 그들이 엄청나게 운이 좋아 전이의 비밀을 알아낸다고 해도 언젠가는 너와 나, 민아, 레이디 아나이스를 포함한 우주의 모든 것들과 함께 불완전하고 유치한 상태에서 사라질 거라고 믿어.

이렇게.

픽.

2005년 12월 3일 오후 10시 57분.

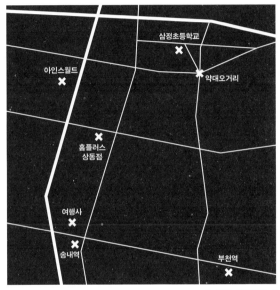

삼정초등학교

약대오거리

아인스월드

홈플러스
상동점

여행사

송내역

부천역

❥ 부천, 2005년. ❦

작가의 말

『대리전』은 웹진 〈크로스로드〉 2005년 10월 호에 발표되었던 동명 단편을 확장한 소설이다. 이 이야기가 끝나는 2005년 12월 3일은 실제로 이 책의 최종 원고를 끝마친 날이었다. 그때 수도권 남서부에는 함박눈이 내리고 있었고 나는 이걸 원고에 반영하면 좋겠다고 생각했다. 이 이야기에 나오는 기후 묘사는 모두 실제 경험에 바탕을 두고 있다. 적어도 나는 그렇게 기억한다.

옛날에 쓴 글은 많이 수정해서는 안 된다. 그때 그 글을 쓴 나는 지금의 나와 다른 사람이고 나는 그 사람의 동의를 얻을 수가 없다. 하지만 여러 가지 이유로 당시 출판된 책은 내 의견이 제대로 반영된 결과물이 아니었기 때문에, 당시의 나는 미래의 나에게 이 책의 개정판을 내라는 명령을 내렸다. 그 결과물이 이 책이다. 이전의 책에 수록되었던 단편인 「토끼굴」, 「어른들이 왔다」, 「술래잡기」는 내 초기 단편들을 묶은 『시간을 거슬러 간 나비』로 옮겨 갔다.

내용 자체는 크게 바뀌지 않았다. 단지 들어가야 했던 문장들이 들어가고 불필요한 문장이 빠졌고 지금의 내 말투에 가깝게 문장을 바꾸었으며 몇몇 디테일이 수정되었다. 예를 들어 이 책을 쓸 때 내가 알고 있던 우리 은하계의 모습은 지금 알고 있는 것과 많이 다르다. 이전 묘사를 그대로 두고 과거의 기록으로 남기는 방법도 있지만, 당시에도 그 원고에 만족했던 것은 아니었으니 고치는 게 낫다고 생각했다. 어떤 등장인물은 이전 원고에서보다 더 지구에서 멀리 떨어진 곳에 살고 있는데, '전 우주를 커버하는 우주연합'이라는 설정에 맞추기 위해서였다.

캐릭터 이름이 하나 바뀌었다. 후반에 잠시 등장하는 레이디 아나이스는 이전 책에서는 '돌피 혜선'이라고 불렸다. 머글들도 '비레퍼'나 '비게퍼' 같은 은어를 당연히 알 거라고 착각하는 케이팝 덕후처럼 나

역시 인형 덕후가 아닌 사람들이 돌피라는 단어를 쓸 리가 없다는 걸 깜빡했다. 그리고 이 책의 화자가 인형 덕후일 가능성은 제로에 가깝다.

나는 2005년의 나에 대해 많이 잊어버렸기 때문에 몇몇 문장들은 일일이 확인해야 했다. 예를 들어 '금순 할매 가방'은 무엇인가? MBC 일일 드라마 〈굳세어라 금순아〉에서 주인공의 할머니로 나온 윤여정이 자주 메던 빨간 배낭을 말하는 거 같은데, 인터넷 검색에는 거의 걸리지 않는다. 이런 표현을 쓴 사람이 정말 많았었나? 수상쩍지만 그렇다고 지울 필요까지는 없겠지.

몇몇 것들은 확인해 줄 수 있다. 예를 들어 하이텔의 LGBTQ+ 소모임인 '또하나의 사랑'은 실제로 존재했다. 닌텐독스는 당시 막 나온 게임이었고 이 글을 쓸 당시 나도 갖고 있었는데, 그때 만든 강아지 두 마리는 아직도 내 닌텐도DS 게임기 안에서 놀고 있다. 단종된 이 게임기를 내가 다시 산다면 아마 그건 내 강아지들의 수명을 연장시키기 위해서일 것이다. 이 이야기 속 지리 묘사는 대부분 사실에 바탕을 두고 있지만, 몇몇은 허구다. 예를 들어 여기에 나오는 파파이스 부천 상동 지점은 순전히 여행사 직원들을 위해 내가 넣은 서비스였다. 요새 한국 파파이스에서는 포보이 샌드위치를 팔고 있지 않는데, 그래도 되나 싶다.

모든 장르 작가들은 선배들이 만든 재료들을 갖고 작업한다. 이 책에서 중요한 역할을 하는 최우선 지침(the Prime Directive)과 앤서블(ansible)은 모두 기존 작가들의 발명품이다. 미개 문명에 대한 선진문명의 개입을 금지하는 최우선 지침은 오리지널 〈스타트렉(Star Trek)〉 1시즌의 '아르콘의 귀환(The Return of the Archons)' 에피소드에서 처음 언급되었으며 이 개념을 만든 사람은 제작자 진 L. 쿤(Gene L. Coon)이었던 것 같다. 초광속 통신기 앤서블은 어슐러 K. 르 귄의 해인 유니버스에서 사용되는 도구로, 이 세계를 다룬 첫 장편인 『로캐넌의 세계(Rocannon's World)』에서 처음 등장한다. 영어 단어 'answerable'을 줄인 것인데, 몇몇 SF 팬들은 이것이 'lesbian'의 애너그램이 아니냐고 의심했다. 우연이었을 것이다. 발달된 문명에서 오는 여행자들에게 서비스하는 미개 문명 사람들에 대한 이야기는 꽤 많을 거라고 생각하는데, 당시 나는 클리퍼드 D. 시맥(Clifford D. Simak)의 『정거장(Way Station)』과 폴 앤더슨(Poul Anderson)의 『타임 패트롤(Time Patrol)』 시리즈를 모델로 삼고 있었다. 『타임 패트롤』 시리즈는 당시 번역이 되어 있었지만 『정거장』은 아니었는데, 전설의 SF 출판사 불새에서 2013년에 번역판이 나왔었다. 이 출판사를 생각하면 지금도 눈물이 앞을 가린다. 안태민 씨는 지금 뭐 하는지.

해결사 설정과 디자인은 스노우캣의 웹툰에 기반을 두고 있으며 원작자의 허락을 받았다.

2024년 9월 26일 오후 11시 54분.

디멘션

초판 1쇄 인쇄 2024년 12월 2일
초판 1쇄 발행 2024년 12월 20일

지은이 듀나
펴낸이 김선식

부사장 김은영
콘텐츠사업2본부장 박현미
책임편집 정지혜 **책임마케터** 오서영
콘텐츠사업6팀장 임경섭 **콘텐츠사업6팀** 정지혜, 곽수빈, 조용우, 이한민, 이현진
마케팅본부장 권장규 **마케팅1팀** 박태준, 권오권, 오서영, 문서희
미디어홍보본부장 정명찬 **브랜드관리팀** 오수미, 김은지, 이소영, 박장미, 박주현, 서가을
뉴미디어팀 김민정, 고나연, 변승주, 홍수경
지식교양팀 이수인, 염아라, 석찬미, 김혜원, 이지연
편집관리팀 조세현, 김호주, 백설희 **저작권팀** 성민경, 이슬, 윤제희
재무관리팀 하미선, 임혜정, 이슬기, 김주영, 오지수
인사총무팀 강미숙, 이정환, 김혜진, 황종원
제작관리팀 이소현, 김소영, 김진경, 최완규, 이지우, 박예찬
물류관리팀 김형기, 김선민, 주정훈, 김선진, 한유현, 전태연, 양문현, 이민운
외부스태프(디자인) 강지구

펴낸곳 다산북스 **출판등록** 2005년 12월 23일 제313-2005-00277호
주소 경기도 파주시 회동길 490
전화 02-704-1724 **팩스** 02-703-2219
이메일 dasanbooks@dasanbooks.com
홈페이지 www.dasan.group **블로그** blog.naver.com/dasan_books
용지 스마일몬스터 **인쇄** 한영문화사 **코팅** 제이오엘엔피 **제본** 국일문화사

ISBN 979-11-306-5862-9 (03810)